噬血狂襲

STRIKE THE BLOOD

11

逃亡的第四真祖

三雲岳斗

illustration マニャ子

Kadokawa Fantastic Novels

姬柊雪菜

「劍巫」Swords - Shaman

獅子王機關的嬌柔監視者

曉古城
「第四真祖」The Fourth Primogenitor
世界最強的「怠惰」吸血鬼

矢瀨基樹
「過度適應者」Hyper-Adapter
開朗的學友或者雙面小丑

藍羽淺蔥
「電子女帝」Cyber Empress
華麗任性的電腦天才女高中生

妃崎霧葉
「六刃」Six- Blade Priestess
霸道而美麗的黑影魔槍使用者

南宮那月
「空隙魔女」Witch of the Void
唯我獨尊的高貴女教師

Contents

噬血狂襲 11

STRIKE THE BLOOD

逃亡的第四真祖

三雲岳斗

illustration マニャ子

Kadokawa Fantastic Novels

序章

Intro

「所～～以～～說～～你去了哪裡拖到這麼晚嘛！」

曉凪沙坐在老舊四輪驅動車的副駕駛座，拿著智慧型手機沒好氣地說。

她的嗓門之所以會比平時大，大概是收訊不良的關係。映在擋風玻璃上的景色是險峻山崖，以及蜿蜒曲折的狹窄山路。

時間是晚上八點多。街燈稀疏的縣道一片幽暗，路上看不見其他車在跑。

「啥，醫院？是怎樣？誰住院了！瑟蕾……絲姐？誰啊？咦……等一下，剛才的聲音……雪菜和夏音也在那裡嗎？等等，古城哥……？啊！」

凪沙瞪著忽然斷線的手機畫面，鼓起腮幫子。

她立刻想重新撥號，手機卻無情地顯示「收不到訊號」。因為車開進隧道了。

「古城那傢伙又把之前的國中小妹妹帶回家了嗎？」

曉牙城握著汽車方向盤，尋開心似的問。

凪沙氣悶地瞪向父親格格笑著的臉龐說：

「對啦。古城哥那個笨蛋真是的！害我從昨天就聯絡不上一直擔心！」

「哎，小鬼頭那邊也發生了許多事吧。畢竟美利堅聯盟國(CSA)好像來了個恐怖的大姊姊。」

「大姊姊？那什麼意思！真不敢相信耶，太離譜了。人家沒看著就立刻出這種狀況。」

凪沙聽了牙城那些算不上打圓場的話，又鬧脾氣似的嘀咕起來。

牙城一邊瞇眼瞧著心愛女兒的那副臉龐，一邊讓車子加速。

他配合車上收音機哼的歌是最近熱門的偶像流行樂。愛來愛去的膚淺歌詞，跟那張讓人聯想到過時的黑手黨分子的無賴臉孔簡直不協調得要命。然而，他本人絲毫不顯得介意。

牙城他們正要前往的是神緒多地區。位於神奈川縣西端，地處丹澤山地深處的小部落，一塊由湖泊環繞的半島狀土地。

被取名為神繩湖的那片湖泊，是興建水庫所產生的巨大人工湖，同時也是釣客及山友眾多的人氣觀光景點。

有一間古老的神社就悄悄地座落於可以俯望那座水庫的西丹澤深山。

那是一間不確定是否為正規寺社的奇特神社。

在那裡管理巫女們的宮司是牙城的母親，亦即凪沙的祖母曉緋紗乃。凪沙他們是為了見她，才千里迢迢從絃神島跋涉而來。

「花掉的時間比想像中要久呢。那個老太婆不知道是不是還活著？」

將車停在神社底下的牙城慵懶地嘀咕。接下來從這裡到神社境內的正殿，得爬長長的石階上去。

「牙城爸爸，你沒跟奶奶說我們會晚到啊？不要緊嗎？奶奶沒有生氣吧……？」

「沒事啦。老人家有耐心，就算等一會兒也不要緊。再說我們會晚到，是因為妳說想在東京買東西的關係吧？」

「咦！什麼話啊，怪在人家身上喔！牙城爸爸還不是吵著說想去夢幻國樂園，玩到連心都飛了！」

「沒、沒有啦，那是因為當爸爸的就該帶家人去玩啊。」

牙城打開駕駛座的門，落荒而逃地下了車。

接著他忽然看向神社的鳥居，並且不悅似的皺眉頭。

「傷腦筋……真是不走運。」

「咦？」

「凪沙，不好意思，妳可以在這裡等一會兒嗎？」

「咦？我一個人喔？在這裡等？」

凪沙環顧黑漆漆的四周，露出不安的臉色。

「討厭耶，這麼暗。天氣又冷，手機還收不到訊號。」

「就算妳抱怨，捧著那麼多行李也爬不了石階吧。我先上去找人來幫忙啦。拿去，我的掌機借妳玩。」

「不用了啦。牙城爸爸的掌機裡面，都只有美少女遊戲和脫衣麻將不是嗎？」

「才沒那回事。裡面還有胸部會晃的格鬥遊戲，要另外下載的服裝我都買齊了。」

「人家更不想玩那個啦！」

牙城將面有怨色的凪沙留在車裡，自己提著波士頓包朝神社走。

被嚴冬厚厚雲層蓋著的天空連月亮也看不見，牙城卻能腳步穩健地爬上漫長的石階。

神緒多神社幾乎不為外界所知，然而其歷史悠久，與咒術的淵源尤其深厚。據說擔任宮司的緋紗乃在以往曾經數度竭力鎮壓大規模魔導災害，而且和政府的魔導相關機構似乎關係匪淺。

因此每到年末年初，來拜訪緋紗乃的客人可多了。而且當地並非完全沒有信徒來參拜，所以緋紗乃和巫女們在這個時期，應該都忙著準備接待那些人才是。

但是牙城抵達的神緒多神社境內卻一片悄然。

正殿和社務所的燈也熄了，連人的動靜都感受不到。

由於周圍樹叢密布，境內顯得更加幽暗，彷彿只有徹底的漆黑瀰漫在四周。牙城中途在參道停下腳步，然後意興闌珊地嘆氣。

「看來將凪沙留在車上是對的……你們出來吧。」

牙城將右手伸進風衣，並且朝漆黑深處喊話。可是，沒有人回應他。

即使如此，牙城還是確信有人躲在境內。

稱不上動靜的些微異樣感，當中夾雜著陣陣逼人的氣息。那是牙城在世界各地的戰場上體驗過好幾次的感覺。殺氣，有敵人在。

呵——獰笑的牙城隨手扔出本來握在右手的玩意。

那東西在距離十四五公尺遠的石燈籠前面炸開，釋放出驚人的爆壓。

靠炸藥的衝擊波來癱瘓敵人的攻擊手榴彈。殺傷半徑雖比碎片式手榴彈小，在極近距離下的威力相對來得高。石燈籠被爆炸的衝擊轟倒，落向躲在後頭的人影。

本來被對方當成遮蔽物的石燈籠成了替牙城殺傷敵人的武器。以時機來說應該躲不了。

然而，理應將敵人壓扁的石燈籠碎片卻違抗爆炸的衝擊，直接落在地面，宛如被看不見的牆擋下，掉得並不自然。

藏在後頭的敵人劈開揚起的沙塵現身了。

是個穿著制服的年輕少女。她用雙手握著的是全金屬鍛造的銀色長劍。

「什麼……！」

牙城從手提袋拿出衝鋒槍掃射。儘管裝的是橡膠子彈，但只要直接命中，那可是能將對方確實擊暈的恐怖武器。

牙城發射的子彈卻在少女眼前彈開了。因為少女揮下長劍設下了一道不可視的障壁。

「擬造空間斷層？是六式重裝降魔弓（Der Freischütz）……不對，改良型六式降魔劍（Rosenkavalier Plus）嗎……！」

使劍的少女趁牙城中斷掃射的短瞬空檔一舉逼近過來。

她的劍是可以透過咒術重現出斬斷空間效果的強大武神具。

經由揮劍產生的空間斷層，具備令一切物理攻擊失效的護盾作用。

而且她挾帶空間斷層發出的劍招，能斬斷一切物質。牙城用衝鋒槍擋不了她的劍，擋了八成只會連同槍身一起被劈開。

不過，那樣的改良型六式降魔劍也有弱點。

左手仍握著衝鋒槍的牙城用空著的右手又扔了一顆手榴彈。那東西飛過少女的頭頂，在她的背後炸開。

「唔！」

當著牙城面前轉身的少女持長劍掃向虛空。

改良型六式降魔劍斬斷空間的效果只有一剎那，而且只能朝單一方向產生作用。為了防範手榴彈的爆壓，少女不得不背對牙城。

牙城用衝鋒槍槍口對準少女毫無防備的背影。

但是牙城的左手卻在扣下扳機前受到衝擊。從黑暗中飛來的箭讓他的衝鋒槍脫手了。

聳立於神社境內的神木上頭，出現了另一名少女的身影。她手裡握的是一張銀亮的西洋弓。用劍的少女是餌，她趁隙狙擊。

「改良型六式降魔弓（Freikugel Plus）……！不妙，這玩意的能力……！」

牙城慌得臉皺在一起。使弓的少女見機又搭箭上弦。

於是隨手放出的第二支箭伴隨高亢轟鳴聲飛到了上空。嚆矢前端裝的鳴鏑發揮出唱誦咒語之效，對目標施加重重詛咒。改良型六式降魔弓並非單純的西洋弓，它是可以對廣範圍灑下詛咒的咒術炮台。

「嘖，用定身咒嗎——」

中了詛咒的牙城全身不聽使喚且逐漸僵硬。

那原本是用於癱瘓敵方步兵部隊的廣範圍鎮壓術式。縱使技高如牙城，也沒想到少女會用那對付他一個人。這是個不顧一切蠻幹的對手。

不過，只要明白其技倆，要破解並不是沒有辦法。

牙城用勉強還能動的右手腕將另一顆手榴彈拋到頭上。那是不具殺傷力的閃光震撼彈（Stun Grenade）。

算好時機扔出去的那顆手榴彈，還沒下墜就在半空炸開了。

浩大閃光滿布夜空。隨爆炸產生的巨響撼動大氣，攪亂嚆矢所發出的高密度咒語。

幾乎在同一時間，牙城的風衣被火焰所覆。縫在風衣內側的反咒術護符生效了。燒焦的衣料表面浮現魔法符文，讓牙城從定身咒獲得解脫。

「改良型六式降魔弓的震撼魔法陣，居然會被這麼原始的方式破解……！」

使劍的少女驚愕地臉色緊繃並砍向牙城。

徒手面對她的牙城則嫌煩似的揚起嘴角。

「受不了，小丫頭別亂揮那種危險的玩意。這是給妳的懲罰。」

「咦……！」

牙城輕鬆閃過少女砍過來的劍，然後直接衝到她跟前。

少女毫無防備的側腹亮在牙城眼前。憑牙城的搏擊技術，在那個瞬間應該可以對她施予致命性打擊。然而牙城卻沒有碰觸少女的身體就直接穿過了她旁邊。

「慢、慢著……呀啊！」

想追擊牙城的少女頓時轉身，打算再次舉劍擺出架勢。

但就在那瞬間，她卻重心不穩撲倒在地。纏在少女腿上的某種東西剝奪了她的自由。

那是少女本來穿在身上的內褲。牙城在擦肩而過的瞬間，拽下了她的內褲，使劍的少女就被自己的內褲絆住腳步，當場摔了一跤。

「你這傢伙，居然敢對唯里——」

為了掩護受辱的使劍少女，使弓的少女又搭箭上弦。

然而，牙城早一步從掉在地上的手提袋拿出了新武器。單發折疊式大口徑榴彈炮。

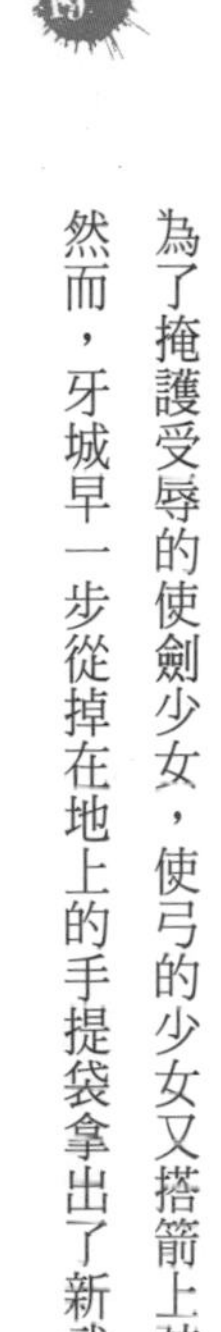

牙城毫不留情地朝著拉弓的少女發射槍榴彈。

使弓的少女表情不改，瞄準了飛來的彈頭。她打算射下槍榴彈。可是在少女放箭的前一刻，那顆槍榴彈卻急遽膨脹了。

「什麼！」

膨脹的彈頭吞沒了使弓的少女。彈頭的真面目是高黏度的膠狀物質。

差點跌落樹梢的使弓少女直接被黏在樹上。雖然她拚命掙扎想護住滑下來的裙子，黏膠彈的黏性卻幾乎讓她動彈不得。少女口裡冒出的尖叫聲可愛得正符合她的年紀。

「志緒！」

同伴沾滿黏膠的模樣讓跌倒的使劍少女瞬間分心。牙城朝著她的鼻頭用了藥劑噴霧器。湧上強烈睡意的少女連聲音都叫不出來就直接失神了。

牙城檢查過兩人都無力反抗，便扔掉了用光的噴霧罐。

「受不了，小朋友就是隨便亂玩殺人的道具才會落到這種下場。」

別怨我喔——牙城嘀咕著像是在找藉口，並望向少女遺落的長劍。他明白那項武器的底細，也知道打造出那項武器的組織名稱。

她們會來襲擊牙城，還有神社變得空無一人——這兩點恐怕並不是毫無關聯。得先盤問兩人將情報挖出來。

真麻煩——牙城一邊嘆氣一邊打算接近少女。

就在隨後，有陣凜然的嗓音從牙城背後響起。

「你有資格擺架子說別人嗎？功夫還沒練到家的。」

「——唔！」

渾身感到顫慄的牙城從懷裡掏了手槍。

手槍就在這樣的他手上自行解體了。

「什麼！」

「太慢了。」

打算轉頭的牙城眼前忽然天旋地轉。等他發現是自己下巴吃了一招，整個人已經重重摔倒在地上。

牙城從口裡用力呼出一大口氣。他的手腳麻痺得無法動彈。

還來不及察覺動靜就逼近身邊的某人徒手將牙城擺平了。

即使如此，牙城仍用手肘抵著地面將臉抬起。

炫目光芒照亮他的視野。是軍用手電筒的光。光源的數目乍看之下就超過二十個。在逆光當中浮現的是一群手持粗獷槍械的迷彩兵。以槍械武裝的成群士兵憑空出現，包圍了神社境內。

「怎麼可能……妳為什麼會……！」

牙城仰望站在眼前的人影，口裡冒出痛苦的呻吟。

用冷冷目光望著牙城的是個穿武袍的白髮女性。

她的右手握著木製長刀，左臂更抱著失去意識而昏睡的凪沙。

迷彩兵從全方位用槍指著爬不起來的牙城。在這種情況下抵抗實在不是明智之舉。牙城緩緩舉起雙手，抬頭望了不見一絲星光的夜空。

「可惡……真倒霉。」

呼出白氣的牙城嘀咕。

曉牙城的返鄉之旅，就這樣在想像所及最惡劣的形式下揭幕了。

第一章 妹妹長久不在

Countdown To The New Year

1

直射的陽光灑落在無人的校園，蜃景幢幢搖曳。

帶著濕氣的暖風從開敞的窗口吹進教室。

面對難懂的英文作文題目，獨自坐在講台前面座位的曉古城正露出苦惱表情。大顆汗珠頻頻沿著額頭滑落，答案卷黏在汗濕的手腕令人煩躁。

「好熱……」

古城一邊將手指擱在制服前襟，一邊有氣無力地嘀咕。

窗外是一整片如盛夏般澄澈的藍天。海平線的一角有積雲隆起，不合時令的蟬鳴聲聒聒聒聒。

設法寫完最後一題的古城擱下被汗水沾得黏黏膩膩的自動筆說：

「我說啊，那月美眉。今天——」

古城話說到一半，眉心就像被看不見的拳頭揍了一樣冒出青白色火花。

南宮那月站在講台上，以掃興的目光睥睨著古城被揍得忍不住向後仰的模樣。

「別在這種熱得讓人心煩的時候用『美眉』稱呼班導師，蠢蛋。」

「為了這種理由就對學生施暴是可以被允許的嗎……！」

繃著一張臉的古城淚汪汪地捂著額頭回嘴。那月坐到古董風格的豪華扶手椅上冷冷地哼了一聲，對古城的抗議不理不睬。

「啊啊啊啊啊啊啊啊啊啊啊啊啊～～」

在那月旁邊，有個穿女僕裝的人工生命體(Homurculus)少女坐在電風扇前面，不知為何正玩著發聲練習的遊戲。頭一次見到電風扇，似乎讓她興趣濃厚。以結果來說亞絲塔露蒂獨占了那台電風扇，不過基本上從辦公室將電風扇搬來的也是她，因此古城沒立場抱怨。

「……今天算除夕對吧？」

「確實是這樣。再過半天多一點就是元旦了。」

那月淡然回答古城夾帶嘆息的疑問。

古城還沒聽完她的話，就嘔氣似的托著腮幫子說：

「在年末的大關，為什麼我要待在這種地方補課啊？」

「那應該問問某個拚命曠課，還在補考我的科目時拿到不及格分數的笨蛋。亞絲塔露蒂，幫他一下。」

「命令領受(Accept)。」

人工生命體少女接到那月的命令，專程拿了小鏡子到古城面前。古城默默望著自己映在鏡子上的臉——

「喂，原來妳是在挖苦我喔！」

古城嚷嚷著把亞絲塔露蒂趕走。穿女僕裝的人工生命體少女又回到電風扇前面。

那月則一臉享受地啜飲由亞絲塔露蒂準備的熱帶水果冰茶，並且告訴古城：

「有空抱怨那些無聊的事情，還不如向連這種日子都來陪你補課的我表示感謝。」

「嗯，對啦，這一點我很感謝妳。真的。」

古城把小考答案卷交給那月，乖乖地低頭行禮。

八個月前，為形勢所逼的古城繼承了世界最強吸血鬼之力。從那之後，古城就一再被麻煩的風波連累，每次遭殃都會讓他的出席天數減少。假如那月沒有消耗寶貴的假期來幫忙補課，古城現在鐵定早就留級了。

「哼。」

不過，那月似乎沒想到古城會那麼坦率地表示感謝，顯得有些吃驚地撇著嘴說：

「也罷。對了，曉，你父親目前人在哪裡？」

「……啥？」

那月的問題來得突然，這次換成古城納悶了。

古城的父親曉牙城是考古學家。基於工作因素，一年有大半時間都在海外生活，鮮少回來絃神島，和那月自然是全無交集才對。

「妳為什麼會關心那傢伙……咦？難道說……」

古城腦海裡首先浮現的兩個字是「外遇」。儘管那月的外表看起來只像個女童，若是照本人宣稱也有二十六歲了，即使有一兩段屬於大人的糜爛感情也不奇怪。就在此時——

胡思亂想的古城被那月粗魯地擰了臉頰。

「看你那眼神就知道是在想像沒禮貌的事，曉古城。」

「好痛！好痛——欸，我什麼都還沒有說吧！」

「閉嘴。反正你給我回答就對了。」

「他目前不在絃神島啦。他帶我妹妹回丹澤的奶奶家探親了！」

古城被那月毫不留情地處罰，一下子就透了口風。

呼嗯——那月放鬆了用來教訓古城的指頭，並且陷入沉思。

「這表示，那個男人難得說了實話嗎？」

「所以妳為什麼會跟那傢伙認識啦？」

古城捂著刺痛的臉頰問。那月興味索然地嘆了氣。

「因為曉牙城過去有好幾次妨礙到我的副業。不過，感覺上倒也不是沒有偶爾幫到忙的時候。」

「妨礙妳工作……？那個臭老爸在搞什麼啊……」

不祥的預感讓古城嘀咕著打了寒顫。

那月身為教師，副業則是有權逮捕魔導罪犯的國家攻魔官。為了保障學生安全，「魔族特區」裡的教育設施有義務聘請一定比例具攻魔師資格的人員，所以攻魔官兼任教師並不算多稀奇的事。實際上，彩海學園每個學年都有一名這樣的教師，換句話說，除了那月以外還有五個受聘的兼職攻魔官。

不過在他們當中，那月的情況仍顯得比較特殊。因為她身為攻魔官的實力突出，在職中也會參與搜查犯罪。

這樣的她表示自己在執行副業時與牙城有接觸。這表示牙城曾在魔導犯罪的現場徘徊。對此古城只有負面的預感。

「能和曉牙城聯絡上嗎？」

那月不管心慌的古城，繼續提問。

「我想這有點難喔。畢竟那附近連手機都收不到訊號。」

基本上古城連牙城的手機號碼都不知道就是了，但是這一點他打算先瞞著。

「你的祖母住的是鄉下地方呢。」

「哎，相當偏僻。」

被那月用嚴肅語氣一問，古城沉重地點頭。

「話說回來，怎麼會突然問這些？妳找那傢伙有事嗎？」

「不……我只是有點在意。理由說不上來。」

那月對古城的疑問給了含糊的答覆。古城不禁為此哆嗦。

「少來了。妳這樣會害我跟著擔心吧。凪沙也和那傢伙在一塊耶。」

「曉凪沙也去了嗎……這麼說來他是有提過。」

皺眉頭的那月一副越來越不稱心的調調。她那句嘀咕反而讓古城更加不安。那月在這陣子果然才跟牙城接觸過。

果真是搞外遇嗎——古城認真感到懷疑，那月則忽然對他白眼。

「先不管那些，曉古城，你考這是什麼分數？」

「咦？我錯了什麼要命的地方嗎？」

打完分數的考卷亮在眼前，讓古城露出疑惑的臉色。用紅色鉛筆寫上的，是六十六分這種在滿分一百分裡顯得不上也不下的分數。

「我不認為憑你的實力能拿到這種高分。難不成你背著我作弊……？」

開口質疑的那月用了認真的眼光凝望古城。

「呃，這種分數並沒有好到需要懷疑我作弊吧？只要有乖乖讀書，我也是考得到這種成績啦。」

古城明白了那月困惑的理由，拚命設法反駁。

和上次滿江紅的考試結果一比，古城這次的成績好得像是變了個人，不過客觀來看也稱不上高分，頂多只是從留級生變成常人。光這樣就被懷疑作弊，倒是傷了古城的自尊心。

不過那月訝異的心情同樣可以理解。古城自從變成吸血鬼以後，根本就沒空用功，而且讓他忙得團團轉的狀況到現在依然不變。

「你居然會在補課前預習。這吹的是什麼風？」

「不是啦，我有我自己的考量……總覺得念書還是要好好念嘛。」

也包括以前沒學好的部分——古城在心裡嘀咕。

古城的眼簾底下，一瞬間閃過了總是怯生生地微笑的金髮少女的臉龐。

奧蘿菈．弗洛雷斯緹納。

第十二號「焰光夜伯（Kaleido Blood）」——

自從古城取回了和她之間的片段回憶以後，心裡就產生了就連自己也不太清楚的微妙變化。話雖如此，這也不代表古城的處境有多大的改變，結果他能辦到的頂多就是為小考做準備罷了——

「再說為自己添點學養又不吃虧。該怎麼說好呢?難免要想到將來嘛。」

認真回答的古城似乎有一半是說給自己聽的。

坦白講,儘管古城目前仍缺乏自覺,但他好歹是被人稱作第四真祖的吸血鬼。而且身為吸血鬼真祖,等於被賦予了接近永恆的壽命。

因此讓古城大感頭痛的,是就業方面的問題。

縱使是吸血鬼也會肚子餓,衣著和居住也都需要花錢。生為平民百姓而非貴族吸血鬼,要是不幹活就沒飯吃。他和擁有廣闊領地的迪米特列・瓦特拉或者嘉妲・庫寇坎不一樣。即使如此,世界最強吸血鬼這樣的荒謬頭銜,想來也不會成為就業方面的優勢。

古城東想西想地煩惱到最後所做的結論,就是增進自身學養。

正因為他是不老不死的吸血鬼,學歷或知識應該都屬於學了不愁多的玩意。另外要是能拿到對就業有幫助的資格證照,或者學得一技之長就更理想了。

基本上,古城也不打算跟那月說明這麼多。假如有哪個吸血鬼真祖表示自己是怕餐風露宿才決定認真用功,就連古城也會瞧不起對方。

「是嗎?」

然而,那月卻像是看穿古城的心思似的露出了微笑。

那並不是她平時用來睥睨世間的冷笑。那微笑溫柔得像是在疼愛歲數相差許多的弟弟。

古城頭一次目睹那月那樣柔和的表情，不禁看得著迷。

「……那月美眉？」

無意識嘀咕的古城被那月默默地彈了額頭。方才還在的迷人微笑，不知不覺中已經消失得有如夢幻泡影。

「罷了。這次補考算你過。」

「那真是謝了。」

「至少回去過個好年吧。」

「好啦。」

古城捂著陣陣發痛的額頭，隨口答了話。

再次坐回扶手椅的那月優雅地品嚐著冰茶。亞絲塔露蒂依然守在電風扇前面，嘴裡還擠出怪聲「我、們、是、來、自……」玩著模仿外星人的遊戲。

當古城一面沉浸在短暫的解脫感一面收拾文具時，教室的門輕輕被推開，有新的人影出現。是體育老師笹崎岬。

「結束了嗎？」

穿著運動輕裝的女老師向那月確認過課已經上完，然後將視線轉到了愣著的古城身上。

對出席天數慢性不足的古城來說，要補課的科目當然不只英文。

「不好意思，在你們將話題漂亮收尾時來插嘴，英文課結束以後還要補上體育。總之先跑個十公里的馬拉松吧，衣服換好就到操場集合。」

岬口氣亂興奮地對古城笑了。

古城抬頭看了正午燦爛耀眼的太陽，接著又看向被陽光烤得熱燙的操場。浮在太平洋中央的絃神島是屬於亞熱帶氣候的常夏之島，縱使在除夕，正午一近氣溫依然直逼三十度。

而且古城是不耐陽光直曬的吸血鬼。

「……真的假的？」

古城一面感受到生命的威脅逼近，一面無力地嘆氣。

亞絲塔露蒂朝著電風扇發出的澄澈嗓音，清脆得直入藍天。

2

之後過了兩個小時左右，古城終於從補課中解脫，這才腳步搖搖晃晃地走向單軌列車的車站。

在古城旁邊，有姬柊雪菜揹著黑色吉他盒的身影。雪菜身為第四真祖的監視者，一直都在學校裡等他上完補課。

「那個……你沒事吧，學長？」

雪菜擔心地抬頭問了神情渙散的古城。

「還好、還……唉，我真的以為會變成乾……」

古城粗魯地甩了甩頭改換心情，擺出疲軟的笑容。

在小考時被迫過度使用腦細胞，還頂著大熱天跑了十公里的馬拉松，使得古城整個人燃燒殆盡。他的身心都已經面臨極限，走路到車站不用十五分鐘的這段路程感覺異常遙遠。

「請學長先補充水分。還有，這是蜜漬檸檬片。」

「啊，謝啦。」

古城一面感激雪菜的周到，一面收下瓶裝運動飲料和檸檬。

古城算是世界最強的吸血鬼，雪菜則是日本政府派來監視他的人。不過看了他們現在這副模樣，八成沒有人會相信那些話。不管怎麼看都像剛比賽完的體育社團社員，以及單純貼心能幹的經理人。

「抱歉，姬柊。還讓妳在除夕陪我來學校。」

恢復了些許體力的古城又對雪菜表示感謝。雖然古城並沒有拜託雪菜跟著他，不過到頭來他確實受了雪菜的照顧。

「不會，因為監視學長是我的任務。」

然而，雪菜卻用平時那副正經八百的表情回答古城。

對於雪菜一如往常的反應，古城忍不住苦笑。

「像這樣會讓我想起和妳剛見面的那個時候呢。」

「咦……？」

古城突如其來的發言讓雪菜繃緊臉色，提起了戒心。她護著制服裙襬往後退，避開古城的視線。

「學……學長在回憶什麼啊！我不是拜託你把那忘掉了嗎！」

「……咦？啊！」

古城看雪菜頓時臉紅得炸開，自己也跟著面露心慌。他想起自己在和雪菜初遇的地方，曾看見她的內褲，而且是短時間內連續兩次。那算剛碰面就發生的不幸意外。

「不是啦！我指的不是那個！」

「學長說的『那個』又是哪個！」

「我就是在去學校補課時遇見妳的吧，在學校！」

「……這麼說來，是那樣沒錯呢。」

雪菜總算稍微放鬆了戒心。古城和她正式講話，是在彼此碰面後的隔天，暑假結束的前夕。那一天，古城也是獨自去學校補課，雪菜則以國中部轉學生的身分出現在他面前。

「那時候我對妳的印象差到極點就是了。連狀況都還搞不懂，就被妳用長槍指著。」

「我、我覺得會變成那樣，責任是在學長身上耶！是學長要負責！」

雪菜難得賭氣地回嘴。當時那種帶刺的言行對她來說，似乎是不太願意多去回想的羞恥記憶。

「誰叫學長明明被形容成世界最強吸血鬼卻亂靠不住的，還讓人搞不太清楚有什麼企圖，失去記憶的說詞聽起來又可疑，而且還很下流……我怎麼可能會信任那樣的人嘛！」

「我才不下流！當時會看見妳的內褲完全是不可抗力吧！」

「拜託你忘掉那件事啦！」

雪菜說完就擱下古城，自顧自地快步走向車站。古城無奈地聳了聳肩，然後追了上去。

等兩人到了車站搭上單軌列車，雪菜還是鬧脾氣似的把臉轉到一旁。古城只好拿出手機，默默確認起郵件。

單軌列車裡面比平常來得空，大概是因為除夕當天通勤的乘客少。即使如此車上依然有種說不出的浮動氣息，或許都要歸因於年末吧。

車內懸吊的廣告上，已經印上新年問候語以及年初大拍賣等字樣了。

「學長……關於剛才那件事。」

單軌列車開動一陣子以後，雪菜才怯怯地開了口。古城依然望著手機螢幕，回答時顯得有些漫不經心。

「嗯？喔，妳是說內褲……」

「並不是！」

雪菜抓的塑膠吊環頓時被她的握力握得嘎吱作響。

「雖然我剛才說自己不能信任學長……可、可是我現在不會那樣認為了。」

雪菜彷彿擠出了所剩無幾的勇氣，口吻顯得很緊張。對於自己不小心嘔氣罵了古城這件事，她似乎偷偷地一直放在心上。

「嗯……這樣啊。」

「畢竟學長確實讓人安不下心，個性又懶散，也沒有身為真祖的自覺，而且只要我一不注意就會立刻跑去跟其他女孩子黏在一起，下流得無可救藥更是一大毛病，不過要說的話，學長還是有學長的優點……」

「喔。」

「像那些好的部分我也都明白，我想說的就是這一點。因為我這四個月以來，一直在監視學長。」

「嗯。」

雪菜依然不敢和古城對上眼，只顧用快要聽不見的音量找藉口。古城的反應卻平平淡淡。他把雪菜的話當耳邊風，看不出有什麼欣慰。

「……呃，那個……學長，你在聽嗎？」

雪菜大概是起了疑心，才抬頭看向古城。茫茫然地一直望著手機的古城似乎受了點驚嚇，眨著眼睛問：

「咦？啊，抱歉。妳剛才說什麼？」

「學長……！」

雪菜發現古城完全沒有聽她講話，氣得板起面孔。

「哎，不好意思。因為凪沙最近都沒有聯絡，我有點掛心。」

「是喔。」

雪菜瞪著急忙解釋的古城，深深地嘆了一口氣。

「你說的最近是……咦，上週還有正常通電話對不對？」

「話是沒錯，不過那已經是一星期前的事了耶。我收到他們快要抵達奶奶家的聯絡，之後就完全沒消沒息，難免會覺得不安。」

「凪沙是不是說過故鄉那邊手機收不到訊號？那樣的話，我倒不覺得有什麼奇怪耶。」

「也對啦。」

古城不情願地對言之有理的雪菜表示同意。他最後又依依不捨地檢查了空空如也的未讀簡訊匣，然後才將手機收進口袋。

「再說我奶奶很會使喚人。我猜她大概忙著幫神社的忙，都沒空發簡訊。」

「既然如此，學長並不用那麼擔心嘛。」

「也對啦……」

依然無法反駁的古城點了頭。基本上，念國中的妹妹沒什麼特別的事情還老是跟哥哥聯繫才叫奇怪——古城心裡倒不是沒有這種普遍的常識。

「對了，姬柊，妳剛才要講什麼？」

換了心情的古城面對面地看著雪菜問。

「咦……？啊，沒有，我沒什麼事要說。」

嚇得全身僵住的雪菜猛搖頭。一旦被當面問到，那些內容似乎並不好啟齒。

「哦——」

古城沒多大興趣地應了一聲，隨口就把話題打住了。

雪菜則怨怨地瞪著古城那張臉咕噥：

「笨學長……」

3

等古城在車站前用完簡單的午餐然後回到家，已經超過下午三點了。距離日期改變迎接新年的時刻剩不到九個小時。

古城搭電梯到公寓七樓，打開了位於七〇四號室的家門。

打擾了——雪菜一邊客氣地開口一邊跟著古城走進玄關。

雪菜的七〇五號室之前曾因為十天前的那場風波變得慘不忍睹，現在房間算是修好了，生活所需的家具和電器用品卻還沒有備齊。萬不得已下，雪菜只好在古城家充當房客。

雖然由外人看來難保不會誤解他們在同居，不過雪菜的說詞是這樣就能對古城監視得更加嚴密。由於個人分擔的家事可以減少，古城也沒有理由積極把雪菜趕出去。

當古城和雪菜就這麼毫無疑慮地進了屋子以後，他們都嚇得倒抽一口氣。因為三房兩廳的公寓裡，所有房間都被翻箱倒櫃弄得一團亂。

櫃子裡的東西全被倒在地板，衣櫥的門也開著。

「這怎麼回事！」

「難道……是小偷！」

察覺屋裡有人的雪菜挺身站到古城前面。看來將屋子搞亂的凶手目前還在裡頭。

古城循著雪菜備戰的視線，也認出了入侵者的所在處。對方的位置偏走廊外側。那裡是平時關著不太會用到的父母寢室。

開門的雪菜保持高度警戒，好讓自己在入侵者有武器的狀況下也能應戰。

於是，古城他們目擊了穿著皺巴巴白衣蹲在床邊的人影。

年紀大概三十出頭，睡覺壓壞的髮型又蓬又亂，好似想睡覺睜不開的眼睛，一眼就能看出是個屬於邋遢型大人的娃娃臉女性。

「哇～古城，還有雪菜，你們來得正好！」

女性察覺到古城他們走進房間，便哼著歌說了這麼一句。

「唔……！」

「深森小姐？」

古城低聲咕噥，雪菜則訝異得叫了對方的名字。

正在床邊櫥櫃東翻西找的並非外人，正是古城的母親曉深森。

深森平常都用通勤麻煩當理由住在職場，一週只會回家一兩次，不過到了年尾似乎還是被人攆出研究室了。

話雖如此，深森好歹是這裡的屋主。就連古城和雪菜也無法理解，這樣的她為何會做出這種形同闖空門的舉動？然而深森也不管古城他們心生動搖，只顧將手伸向堆在衣櫥裡的雜物說：

「我終於找到行李箱了，但有這些東西擋著搬不出來。你們來一下，幫我按著這邊。」

「等、等一下！」

古城連忙想制止抓著行李箱把手硬拖的深森。

毫無家事能力的深森屬於典型的「不懂收拾東西的大人」。她房裡的櫥櫃就像機關盒一樣，被各式各樣的雜物塞得沒有任何空隙。

要是從那當中硬把行李箱拖出來，會造成什麼樣的結果顯而易見。拚命想阻止的古城功敗垂成，由雜物堆成的高牆崩解倒塌，殘骸則毫不留情地落到古城頭上。

「哼哼，太好了。這樣終於可以來準備行李嘍。」

一手導出慘劇的深森全然不知兒子多辛苦，還心情絕佳地打開行李箱。都是靠古城挺身成為防波堤，她才沒有在雜物倒塌時遭殃。

「看了這種慘狀，妳想講的只有這些？」

全身都撞出瘀青的古城指著撒在地上的雜物，訓了深森一句。深森卻一臉納悶地回頭望著他說：

「我沒有時間了。今天晚上我要參加公司舉辦的北海道旅遊。」

「我沒在問妳那些啦！」

「難道你也想去嗎？」

「不，不用了。國中時被妳帶去參加公司旅遊那一次，我就已經受夠了！」

「有嗎？」

「妳為什麼會忘記啊！我一下子因為脫衣桌球差點被人扒光，一下子打麻將輸光壓歲錢，根本慘到不行！」

古城想起過去的痛苦經驗，臉都垮了。

深森似乎把古城的不平不滿當成了咖啡廳裡播的音樂，置若罔聞地又問：

「對了，沒看到凪沙耶……你知不知道她在哪裡？」

「凪沙和老爸一起去了丹澤的奶奶家啦。一星期前就出發了。」

拜託妳早點發現啦——古城傻眼地發出嘆息。

於是在深森從古城口中聽到「丹澤的奶奶」這句話的瞬間，她的臉就像抽筋似的嚴重扭曲了。活得我行我素的深森難得露出那種不滿的臉。

「嘖……那個老妖婆還活著啊。」

「老、老妖婆？」

深森敵意畢露地罵人，讓雪菜露出了困惑的臉色。

「我們家的婆媳關係並不好啦。」

古城悄悄告訴雪菜，她才點點頭說：「原來如此。」一邊是任職於多國籍企業旗下研究所的天生超能力者，另一邊則是在神社擔任神職的雜牌攻魔師靈能力者。彼此當然不可能談得來，兩者犯沖的情形已經超出了單純的婆媳問題，也難怪牙城這次返鄉時都沒有和深森說一聲。

「不講那些了，妳為什麼要把家裡搞得一團亂？總不會告訴我只是為了找行李箱吧？」

古城乏力地看向四周，並且用冷冷的語氣問了深森。

被古城一講，深森似乎才發覺屋子裡的慘狀。她望著散亂在地上的雜物，一下子露出了驚恐的表情說：

「沒、沒有啦，我這是在……大掃除啊。」

「……啥？」

「在除夕就是要打掃一年下來累積的髒汙，然後用煥然一新的心情迎接新年啊？」

「別、別亂說謊了啦！那些話都是妳剛才編的吧！」

深森講的藉口實在太假，讓古城反應慢了一拍。儘管古城急著想繼續追究，深森卻帶著滿臉得意的笑容單方面將話題打住。

「哼哼……不管了，反正你們倆都站過去。對，就站在那邊。」

「啥……？」

古城被站在窗邊的深森一催促，就糊里糊塗地照做了。

「好，雪菜再往古城那邊多靠一步。」

「像、像這樣嗎？」

對狀況不太明瞭的雪菜站到了古城旁邊。

深森確認過古城他們貼在一塊，又忽然用嚴肅的語氣問：

「問題來了。自然底數e的log平方是多少？」

什麼意思啊——古城完全聽不懂母親出的問題，只能愣在原地。他連那是不是國語都不太確定。

一旁的雪菜同樣感到困惑，卻一下子就算出了答案。

「2嗎……？」

雪菜豎起右手的食指和中指，微微地偏頭。

而且因為發音的關係，雪菜的表情在無意識間變得像在笑。沒放過那個瞬間的深森則迅速拿出了數位相機按下快門。

結果相機拍下來的，是古城和雪菜看似要好地合拍紀念照的情境。而且雪菜還帶著笑容比出V字手勢，可說是相當珍貴的一幕。

「請、請問……」

「嗯。拍得很不錯喔。」

深森對著難掩動搖的雪菜露出會心一笑。

古城則擺了一副臭臉瞪著深森問：

「妳到底想做什麼啊？」

「來，雪菜，這台相機送給妳。剛才我打掃家裡找到的。」

「錯了吧，是妳在翻箱倒櫃時掉出來的。」

深森聽了古城的辛辣言詞，也完全沒有改變臉色。

雪菜則從深森手裡接下了相機。銀色金屬機殼的袖珍數位相機，本身尺寸和小型智慧型手機差不多，上面附有口徑粗而大的鏡頭，看了就覺得是用上最新技術的昂貴相機。

相機的製造商是ＭＡＲ公司，深森工作的多國籍企業。

「我真的可以收下嗎？」

深森使壞似的朝問得客氣的雪菜笑了。

「可以啦可以啦，當作是提早發的壓歲錢吧。反正那本來就是公司免費送我的測試機。再說給古城的話，一定會被拿去用在犯罪上。比如拍妳換衣服，或者拍妳的內衣褲，要不然就是拍妳洗澡的畫面。」

「誰會啊！妳把親生兒子當成什麼了！」

被當成偷拍狂的古城暴跳如雷地抗議。

雪菜卻釋懷似的微笑說：

「既然這樣……呃，非常謝謝妳。」

既然哪樣啦——古城不滿地撇嘴。

深森看雪菜高興時還不忘保持節制，便溫柔地眯了眼睛。

「哼哼。人類的記憶意外地籠統，留下有形回憶也是不錯的喔。畢竟真正珍貴的時光，沒有失去是不會發現的。」

「深森小姐……？」

雪菜有所感觸似的抬起頭，並且對深森投以尊敬的眼神。不過深森卻擺了架子，露出一副希望別人多誇獎的態度說：

「哎，我是接觸感應能力者(Psychometrer)嘛，沒有照片也完全不要緊就是了！」

「那種事不需要公開吧！妳在賣弄什麼啦？」

古城一臉生厭地瞪了不成熟的深森嘀咕。曉家母子那種難以分辨合不合得來的互動，讓雪菜忍不住笑了出來。

深森在這段空檔仍然自顧自地把行李塞進箱子裡，直到用蠻力關上變得鼓鼓的行李箱蓋才歇下來。

「哼哼，行李裝好了。古城，剩下的拜託你嘍。」

「喂！等一下，妳打算就這樣出門嗎！」

母親把家裡搞得能多亂有多亂以後就要走，古城當然想把人留住。可是，深森卻用行李箱把擋路的古城撞開了。

「姬、姬柊！攔住那傢伙！」

「雪菜，明年也麻煩妳多關照古城嘍！」

「咦！啊，好的……呀啊！」

深森在經過雪菜身邊時摸了她的屁股，讓雪菜整個人微微蹦了一下。深森則優哉游哉地趁機通過雪菜旁邊，然後穿上涼鞋從玄關離開。

欲振乏力的古城和雪菜都傻愣愣地目送著她離去。

遭到深森毒手的不只寢室。客廳、廚房，還有古城等人的房間一律被弄亂，簡直像局部性龍捲風席捲過後的模樣。要把這些恢復成原本狀態，八成遠比一般的大掃除費事。

「結果……要負責收拾這些的是我喔？」

古城慢吞吞地爬起來，並且略感絕望地搖了頭。

雪菜站到這樣的他身邊，跟著發出了無力的嘆息。

「不，學長，是『我們』才對。」

4

即使合兩人之力，整理荒廢的家裡也花了不少工夫。現在時間是晚上九點十五分。今年還剩大約兩小時又四十五分。

當古城洗了澡沖掉汗水及灰塵，總算可以歇口氣時，對講器的門鈴就響了。螢幕顯示出古城熟悉的朋友臉龐。是矢瀨基樹。

「嗨，古城。我來找你嘍。」

脖子上掛著密閉式耳機的刺蝟頭同學擅自開了玄關的門進來。他兩手提著便利商店的購物塑膠袋。

「怎麼啦？突然在這種時候跑來。」

古城一邊用浴巾擦著濕頭髮，一邊用納悶的表情見朋友。

你在問什麼啊——矢瀨露出不服的臉色說：

「哪有什麼突不突然的，大家之前不是說好跨了年要一起去參拜嗎？出發前要先來你家集合。」

「對喔……」

是有這回事——古城點頭。因為之前忙著補課和打掃，規劃好的活動似乎都被他忘掉了。還有和凪沙失去聯絡這一點也多少分散了古城的注意力。

「話說你是不是亂疲倦的啊，古城？」

「啊……也對啦，一直到剛才都有不少狀況。」

「哦～」

眼睛發亮的矢瀨不知為何顯得頗有興趣。

「總之打擾嘍。我有買零食和飲料過來。」

「你們來是無妨啦……對了，淺蔥呢？她沒跟你一起嗎？」

「我想那傢伙馬上會到。你看。」

在矢瀨指向自己背後的同時，玄關前出現了其他人影。一個是髮型亮麗的高中女生，另一個則是嬌小的小學生。她們倆踉踉蹌蹌地勉強走到了曉家的玄關前面，兩人花枝招展的服裝讓古城瞪大眼睛。

「妳們搞什麼啊？穿成這模樣。」

古城疑惑地問。

在平時，髮型亮麗就是藍羽淺蔥的一大特徵，但她今天感覺又更加搶眼。

這樣的她身上穿了振袖。淡紅色的衣料上撒落著無數花朵，是圖樣古色古香的一套華麗和服。

讓淺蔥牽著的江口結瞳同樣穿著振袖。她這套是用明亮的翠綠色料子搭配富貴吉祥圖樣的可愛款式。

總歸一句，她們穿的都是適合用來迎接新年的絢麗服裝。

「我……我是覺得好不容易過新年，偶爾盛裝打扮應該也不錯。」

前提是，只要這裡不是浮在太平洋中間的常夏之島。

「人、人家穿這樣好看嗎？古城先生。」

淺蔥和結瞳想展現打扮的成果，都拚命地賣弄風姿。可是她們的笑容看起來六神無主，瞳孔也不時失焦。熱過頭讓她們變得意識朦朧了。

「呃，在這座島的天氣要穿振袖太勉強了吧。妳們還好嗎？」

古城一臉不安地對兩人表示關心。身子搖搖晃晃的淺蔥和結瞳已經連汗都沒有流了，這是中暑前的危險徵候。在亞熱帶的絃神島穿上正月用的振袖出門，難免會落得這副模樣。

即使如此，結瞳仍堅強地微笑著說：

「沒、沒關係。讓我喝一杯水就好。」

「能順便調低冷氣溫度的話或許更讓人開心。」

淺蔥一進客廳，就疲軟地倒在沙發上面。

古城邊嘆氣邊操縱冷氣的遙控器說：

「可以是可以啦，不過妳們換一套衣服會不會比較好？要借衣服也行喔。」

「不用了，拚到這一步，我們也有身為女人的堅持。」

「誰先叫苦就輸了。」

「不對吧，新年參拜才不是較量那些的活動……」

古城望著燃起無謂競爭心的淺蔥和結瞳，放棄似的搖了搖頭。於是——

「藍羽學姊，這是冰開水。還有這杯是給結瞳的。」

「雪菜姊姊……？」

「妳一派自然地從古城家的廚房走出來呢……」

結瞳和淺蔥察覺到雪菜用玻璃杯裝著冰水端過來，頓時板起了面孔。

穿便服配圍裙的雪菜極自然地溶入曉家的景象，就算說她從一開始就是這個家的成員也不會讓人覺得奇怪。淺蔥和結瞳看見雪菜那模樣都為之一驚。

「沒有，因為凪沙回鄉下不在，所以我想幫忙煮過年時要吃的麵。」

雪菜連忙找藉口，不過那只加強了淺蔥她們的落敗感。當淺蔥和結瞳穿上振袖，兜著圈子想對古城發動攻勢時，雪菜已經入侵古城家的廚房了。她們倆會懊悔自己戰略失敗也是當然的。

而且決定隔岸觀火的矢瀨發現房裡飄著雪菜洗髮精的香味，就尋開心似的賊笑著說：

「哦……剛洗完澡的姬柊也很有女人味呢。」

「咦？是、是這樣嗎……？」

矢瀨這句打趣的話讓雪菜略顯動搖。於是矢瀨將手湊在下巴，宛如安樂椅偵探一樣埋首於推理。

「等等……凪沙不在，就表示古城和雪菜之前都是孤男寡女共處。他們倆為何都消耗了體力，也都洗過澡，而且平常關著的寢室門也開著……啊！」

「啊你個頭！我們只是做了年終大掃除，應該說都是因為我媽把家裡搞得天翻地覆的關係，要收拾才讓我們搞得這麼累！」

「你當著小學生面前胡說什麼啊！」

被古城和淺蔥從左右同時圍毆的矢瀨痛得叫出聲音。

「很痛耶。我只有說『啊！』而已吧！」

「囉嗦，你閉嘴。」

古城無視於痛得呻吟的矢瀨，又看向熱壞了的結瞳。

「不說那些了，結瞳怎麼會跟你們在一起？」

「啊……因為文件上是登記由我老哥來當結瞳仔的監護人嘛。所以在年末年初天奏學館宿舍關門的這段期間，我們家會照料她。然後結瞳仔說無論如何都要見你，我才專程──」

好痛──沒人問就自己說明起來的矢瀨捂著鼻頭向後仰。因為結瞳把和服的衣袖當成鞭子揮在他臉上。

「請你不要多嘴。還有我應該已經跟你拜託過，別用奇怪的綽號叫我。」

「唔……」

妳這小鬼──矢瀨歪著嘴瞪向結瞳。結瞳沒好氣地把頭轉到一邊，不理矢瀨。這兩個人似乎從初次見面就不太合得來。

水在東聊西扯之間煮滾了。在常夏的絃神島上，過年時吃的麵是以瀝乾的蕎麥麵為主流，當雪菜下麵條時，古城便著手準備蔥花等配料。

「現在才講這個好像也嫌晚了，可是待在這座島上，就算提到跨年或者過新年也沒什麼感覺耶。」

聽著窗外蟬鳴的古城忍不住講出真心話。「魔族特區」絃神島上必然是以海外人士居多，更因為氣候的關係而缺乏季節感。儘管電視上有國營頻道的歌唱節目辦得熱熱鬧鬧，看起來感覺卻像某個遙遠國度所發生的事。

「或許吧。我和基樹都是從小在這裡生活就覺得習慣了。」

我開動了——淺蔥邊吃著燙好的麵條邊回答古城。

「就算說是新年參拜，主要的節目還是跨年倒數和煙火大會嘛。出門好麻煩，我們就留在古城家打混吧。結瞳仔差不多到了『睡覺覺』的時間了吧？」

懶懶地躺在沙發上的矢瀨說著，摸了摸結瞳的頭。結瞳一邊粗魯地把他的手揮開，一邊抗議：

「請不要把我當小朋友對待，熬夜對我來說並沒有什麼。因為我是夢魔（Succubus），要說接下來才是我發揮本領的時候也不為過。」

「其實妳只是想看煙火吧？」

「才、才不是！」

被矢瀨點破的結瞳紅著臉搖頭。

然而穿振袖似乎已經讓結瞳累得吃不消了，她想睡覺的模樣正好與強悍的發言成對比。結瞳眨眼睛的次數變多，也幾乎沒有伸手拿零食。

「不過進冷氣房變涼以後，穿這模樣確實會變得不想出門呢。」

大概並不是在替結瞳著想的淺蔥就這麼自言自語地講出了真心話。女人的堅持跑去哪啦——古城低聲苦笑說：

「哎，要是妳們撐到熱暈也很傷腦筋。換個衣服吧？」

「唔……嗯……」

淺蔥把手放在用紐繩和腰帶束緊的腰上，露出了掙扎的表情。對於外表看不出是大胃王的她來說，穿上振袖就無法隨心所欲地用餐這一點好像是意料外的差錯。畢竟穿振袖給古城看的目的已經達成了，她似乎很認真地在煩惱。

「請問……假如妳們要換衣服，在那之前可不可以先讓我拍一張照片呢？」

雪菜說著拿出了深森給她的數位相機。她似乎想將淺蔥她們好不容易準備的盛裝打扮拍下來。

哇──淺蔥像是被勾起興趣似的睜大眼睛。

「這不是ＭＡＲ的ζ9嗎？妳買的啊？」

「不是，這是我收到的禮物。深森小姐把這當成壓歲錢給我了。」

「唔，什麼嘛。有點讓人羨慕耶。這款機種在日本沒上市耶……！」

淺蔥不甘心地皺著眉頭啃筷子。這類數位產品對身為電腦迷的她有強大吸引力。

「呃，意思是這台相機很不錯嘍？」

另一方面，不熟悉這類玩意的古城反而對淺蔥感興趣的模樣覺得好奇。淺蔥用力地點點頭說：

「嗯，非常棒。既防水又耐撞還裝了各種感應器，更可以上網。雖然畫素方面也很出色，不過這款機種的賣點還是在新型ＤＳＰ。它搭載了獨創的積體電路，據說粗估起來讓運算效率提高了兩位數。」

「是、是喔……」

完全聽不懂是怎麼回事的古城無力地點點頭。淺蔥在說明時也一直渴望地看著雪菜那台相機。

「對了，拍好的照片之後可不可以寄給我？」

「啊，好的。只要學姊能教我用法的話。」

雪菜一臉缺乏自信的模樣答應了。雖然她在咒術方面的知識相當廣博，操作機械倒是不太上手。

「啊，對喔……還要設定網路連線才可以。妳有電腦嗎？」

「沒有。」

說了一聲「對不起」的雪菜搖了頭。回答「不會」的淺蔥則遺憾地垂下肩膀。平時淺蔥都會帶著好幾台自己的筆電和平板電腦出門，不過穿上振袖似乎實在不方便帶那些。

「古城你沒有嗎？」

「啊……這麼說來，有一台凪沙偶爾在用的。」

古城說著打開了擺在客廳角落的櫃子，裡頭是深森汰換給他們用的筆記型電腦。住在絃神島的人在買衣服、零碎雜貨或體育用品時，只要想買冷門一點的東西，就不得不仰賴網路購物。因此古城和凪沙都學了用電腦的基本功。

「可以借我嗎？」

「好啊。反正這也不是凪沙專用的。」

「那我就不客氣嘍。」

得到古城允許的淺蔥掀開了筆記型電腦。於是在她準備啟動電源的瞬間——

「唔哇……」

這麼咕噥的淺蔥當場趴到桌上。因為在電腦的鍵盤上，大剌剌地貼著疑似是凪沙在用的用戶名稱和登入密碼。在擅長破解（Crack）密碼的淺蔥看來，這樣的資安防護簡直疏忽得讓她懷疑自己是不是被人瞧不起了。

「用這組帳號登入，滿傷害我身為駭客的自尊心耶……」

受到屈辱的淺蔥板著臉將筆記型電腦連上雪菜的相機。ＭＡＲ公司製造的數位相機性能高，相對的，一開始得設定的項目也多，要輸入那些很麻煩。利用電腦就能省掉當中的許多工夫。

「算了。總之我把相機設定完畢就好，之後妳只要選取照片寄來我的信箱……嗯？」

眼明手快地設定相機的淺蔥忽然停下手，像是發現了什麼。

「怎麼啦？」

古城也探頭看向淺蔥手邊。淺蔥則不太高興似的微微噘嘴說：

「這組帳號……好像會跟凪沙的智慧型手機同步耶……」

「同步？」

「意思就是手機和電腦之間已經設定成可以互傳資料。比如收了郵件或輸入在月曆上的行程規劃，兩邊都能看到不是比較方便嗎？」

「哎，那我懂啦。」

換句話說，透過這台筆記型電腦似乎就能讀取凪沙那支智慧型手機裡面的一部分資料。要說方便是方便，以個人隱私而言倒也是一項危險的功能。

「有什麼糟糕的資料在裡面嗎……？」

「不是你想像的那種糟糕東西啦。」

總不會是男生寄的郵件吧——古城不安地挺身向前，卻被淺蔥一臉嫌煩地趕到旁邊。然後淺蔥開啟了一張圖檔。

「你看這張照片，這是凪沙用手機拍的。雖然資料已經毀損，只能正常顯示出一半。」

「……咦？」

這什麼玩意——無法理解那張圖有其含意的古城皺了眉頭。

拍照日期是一星期前，凪沙抵達祖母所住的丹澤那一天，而且也是古城跟她失去聯絡的日期。

圖片下半部已經毀損，變成了馬賽克般的圖樣。

圖片上半部拍到的則是夜空。

那大概是隔著車窗拍下的照片。被山脈稜線畫出分界的冬季夜空，上面並沒有拍到月亮和星星，畫面上可見一整片如深海底部般的黑暗。

而且有詭異的紋路浮現於那片黑暗中。

重重相疊的同心圓，圓內滿是成串的魔法符文。

發亮的巨大紋路蓋滿整片夜空。

有如囚禁著凪沙等人的牢籠。

「這是——！」

「魔法陣……？」

古城和雪菜望著彼此的臉倒抽一口氣。

那是十二月三十一日的夜晚。發生在離本土遙遠的「魔族特區」絃神島上的事。

距離迎接新年，還剩一小時又五十分鐘——

第二章 追蹤

Shadow Of A Intrigue

1

除夕鐘聲開始響起。

時間過了晚上十一點四十五分。從車上收音機可以聽見電台播報員正用盡誇大字眼轉述日本全國在新年前夕的情況。

坐在計程車後座的矢瀨基樹一面對那種充斥雜音的環境板著臉，一面將耳朵湊在手機旁邊。通話的對象是矢瀨幾磨——比矢瀨年長十歲的同父異母的哥哥。

在等了將近三十秒的矢瀨開始不耐煩時，總算有了哥哥接聽的動靜。

「——是我，老哥。」

『我知道。基樹，結瞳怎麼樣了？』

幾磨毫不掩飾不高興的語氣，劈頭就先問結瞳的事。

矢瀨對此微微苦笑。

雖然只具名義，但幾磨仍是結瞳的監護人，結瞳具備的「夜之魔女（Lilith）」能力對人工島管理公社更是貴重的資產。即使矢瀨明白那到底是為利益在打算，同父異母的冷靜大哥會關心小學女生這件事仍格外有喜感。

「結瞳仔睡了啦。我正要帶她回去。」

矢瀨朝睡在旁邊的年幼少女瞥了一眼，然後向幾磨報告。

大概是穿不慣的盛裝太消耗體力，結瞳在過晚上十一點以後就徹底睡熟了。只好帶著她回家的矢瀨目前正在路上。

「重要的是有麻煩事發生了。我想要情報。」

『抱歉，現在已經過了規定的就寢時間。有事明天再談。』

打算提正事的矢瀨遭到幾磨淡然拒絕。

「就寢時間？要過元旦了耶。」

『日期只是人類為了方便定下的記號。我沒理由遵照那玩意行事。』

「你絕對不受女人歡迎吧？」

矢瀨聽到同父異母哥哥的冷淡反應，尖酸地頂了回去。雖然他知道事務繁忙的幾磨對時間要求頗嚴，但是連弟弟要談的內容都不聽也未免太過極端。矢瀨不挖苦對方一句吞不下這口鳥氣。

然而，幾磨卻絲毫不顯介意地說：

『要報告監視的內容就打給情報部。羽澤應該還留著才對。』

「我就是覺得綾子小姐處理不了這件事，才會找你談啦。」

『……說明吧。長話短說。』

大概是矢瀨拚命糾纏的急切傳達過去了，幾磨不甘不願地答應陪他談。不過，即使被要求做說明，矢瀨能回答的也不多。

「凪沙可能受到事件波及了。」

『曉凪沙……第四真祖的妹妹嗎？我是聽說她去了島外？』

「把她現在的狀況告訴我。有派人監視才對吧？」

矢瀨直截了當地提出要求。儘管重要性不比被「原初（Root）」奧蘿菈附身的那段時期，曉凪沙這名少女對人工島管理公社來說仍是重要人物。根本用不著確認，就可以知道在她離島時不派人監視是絕對不可能的事。

正因如此，從幾磨的回答裡聽得出掩飾不去的苦澀。

『似乎跟丟了。在他們抵達本土後立刻就失去了行蹤。』

「跟蹤時被甩掉的嗎？」

『據說是利用遊樂園的人潮。』

幾磨的口氣越來越不高興。部下失職導致規劃被打亂，對一板一眼的幾磨來說應該是難以忍受的屈辱。

「古城他老爸幹的好事嗎……」

『恐怕沒錯。看來「冥府歸人」曉牙城比傳聞的更棘手。』

真有一手啊，大叔──矢瀨傻眼了。人工島管理公社派去的監視者，至少會是本領和矢瀨同等級的過度適應能力者（Hyper Adapter）才對。普通來想，並非攻魔師的中年男子是無法獨自應付那種對手的。

「結果，這代表沒辦法掌握凪沙的狀況嗎……不妙了。」

『你怎麼會判斷她遇到了危險？』

幾磨冷靜地問了焦急得變臉的矢瀨。

「凪沙從上個星期就斷了聯繫。然後，這似乎是留在她手機裡的照片。你看得見嗎？」

『魔法陣啊……規模相當大。』

幾磨確認了傳送過去的圖檔，然後低聲講出平淡的感想。

『若是「魔族特區」內也就罷了，假如在本土用上這種程度的魔法，事態確實不尋常。但是光憑這樣，還不足以斷定曉凪沙受到了事件波及吧？』

「我明白你想說的。在島外不能動用管理公社的戰力對吧。」

『沒錯。要是確定有受害者就另當別論，只憑這張圖有困難。』

幾磨的口氣是在撇清關係。

不過，那也在矢瀨的意料範圍內。

雖然絃神市在行政區分上歸屬東京都，不過「魔族特區」實質上相當於一種自治領地。只要出了「魔族特區」，人工島管理公社被賦予的種種特權都會遭到剝奪。哪怕目的是救出居民，也不能將特區警備隊的實戰部隊派到島外。

但是說穿了，那些規範不過是表面形式而已。

「就算古城正在鬧也一樣嗎？」

矢瀨心平靜氣地打出手上的牌。表裡和矛盾是與政治密不可分的領域，供非人者棲身的「魔族特區」則是為了統掌那片灰色領域才會存在。

只要手上有牌能顛覆表面形式，想怎麼操弄規範都行。

「那傢伙可是症狀挺嚴重的戀妹控，搞不好會說要從絃神島飛去找瓜沙喔。」

『我第一次接到第四真祖是戀妹控的報告。』

幾磨的聲音沒有慌。矢瀨會打出這張牌，他當然也有料到才對。

『算了。情況我明白，我會加派探員收集情報。現階段實在無法派出正規攻魔官，不過總不能擱著這件事不管。』

「果然妥協點差不多就是這樣嗎？」

矢瀨沮喪地嘆息。

儘管曉凪沙與第四真祖有所關聯，但是屬於平凡人的她連魔族也算不上。光是為了她一個人加派探員，對幾磨來說就是最大的讓步了。現在只能接受他那樣的安排。

「了解。那古城這邊要怎麼辦才好？」

矢瀨心情沉重地問。他也沒有信心能管好有籠統情報指出「妹妹可能遭遇意外了」就會陷入失心瘋的世界最強吸血鬼。

幾磨的回答卻意外地簡潔明快。

『繼續監視。若有萬一就交給你處置。』

「要我處置……老哥，難道說……」

『別讓我講兩次一樣的話。繼續監視。』

和幾磨的通話被粗魯地掛斷。矢瀨靠到計程車椅背上慵懶地聳了聳肩，旁邊有穿振袖的結瞳發出純真的打呼聲。

日期再過不久就要變了——

2

在眾多人們的注目之下，繽紛閃光籠罩了夜空。

魄力十足的爆裂聲「轟」地撼動島上的空氣。這是新年倒數的煙火大會。

古城等人從神社參道上仰望著夜空中璀璨陸離的光點。

凝望煙火的雪菜將大眼睛睜得渾圓。

淺蔥忙著用跟雪菜借來的數位相機錄下煙火。

依然咬緊嘴脣的古城則擺著一副全世界都欠他的臉，一直盯著手機。他持續在對音訊不通的凪沙發簡訊。

「鎮定點啦，古城。凪沙又不一定是發生了什麼狀況。」

淺蔥對古城驚慌的樣子看不下去，傻眼地唸了他一句。

古城像一隻使壞時被飼主訓斥的小貓，肩膀頓時發顫。

「知道啦。我超冷靜的吧。」

「你哪裡冷靜了？」

淺蔥望著連找藉口聲音都在抖的古城，悄悄地嘆了氣。她依然穿著振袖，不過或許是深夜氣溫下降的關係，體力看起來比較有餘裕了。

另外，一身便裝的古城是穿短褲搭配連帽衣。揹著平時那只硬盒的雪菜則是穿條紋及膝襪配迷你裙，有樂團少女的風格。

參拜的行列在古城等人講東講西時動了，於是他們穿過神社的鳥居。

一行人在新年來參拜的絃神神社光因為煙火看得很清楚，就成了受歡迎的知名景點。境內有大群島民很是熱鬧，夜市的攤販也大排成串。

即使待在那樣熱鬧的氣氛中，古城依然愁眉不展。

音訊不通的凪沙用手機拍下的那張照片，奪走了古城的鎮定。好不容易來參拜卻沒有比他這樣更煩的了，然而淺蔥和雪菜都知道其中原因，似乎也無法太強硬地抱怨什麼。

「總之先向神明祈求平安如何？這裡的神社聽說很靈驗喔。」

淺蔥大概沒想到能為古城打氣的具體方法，便不負責任地拋了一句。

古城用死氣沉沉的眼神緩緩看了神社豎起的看板說：

「可是上面寫著這是保佑生意興隆和結緣的神……」

「畢竟是神嘛，就算碰到稍微不擅長的領域也會想辦法的啦。」

淺蔥搬出讓人搞不懂有沒有說服力的理論來強調。

「對了，學長。你剛才抽的神籤結果怎麼樣？」

雪菜似乎想一掃消極氣氛，硬是改變話題。

紘神神社的神籤並非單純抽來試運氣，而是透過「魔族特區」的咒術理論（Technology）製作出來，可說精準度極高的「神諭」。對目前正在苦惱的古城來說，大有可能獲得有所助益的建議。

「……學長？」

保持沉默的古城卻遞了兩張籤紙給雪菜。

接下那些的雪菜說不出話了。因為古城抽的兩張籤上面分別印著大大的「凶」和「大凶」字樣。一開始抽到「凶」的古城急著重抽第二張，結果好像就抽中了「大凶」。

「那個……不要緊的，學長。既然現在的運氣在谷底就不會變得更糟了啊。」

「對啊對啊。你變得不幸，說不定凪沙相對地就會福星高照。」

「是喔……哎，在這種時候，我自己的事就無所謂了啦——好痛！」

不安過頭而自我放棄的古城有氣無力地說。這樣的他後腦杓突然痛了起來，因為別人朝著賽錢箱扔的零錢砸中了古城的頭。

「喂，搞什麼啊！」

接著古城身邊還是陸陸續續有別人丟的香油錢掠過。雖然這在參拜者眾多的神社是常見的光景，感覺今年直接砸到身上的零錢卻格外多，古城深怕這就是「大凶」帶來的效果。

「學長，會不會有人要對你不利？我感受到莫名針對你的惡意耶。」

雪菜將臉貼到古城耳邊講悄悄話。瞬時間，落下來的零錢數量明顯增加了。攻擊裡顯然含有恨意。

「古城，你該不會是被人嫉妒了吧？因為你帶著姬柊來參拜。」

「不，要說的話，應該是藍羽學姊比較可能。畢竟穿振袖很醒目。」

「再說會來結緣的神社參拜，應該有很多是想交女朋友的男生吧。左擁右抱地在這樣的場合晃來晃去，讓人覺得刺眼也是難免啦。」

「哪門子的自私想法啊？我現在明明就沒空管那些……！」

吐怨氣時沒有針對誰的古城在簡單拜完以後，就從賽錢箱前面逃走了。雪菜和淺蔥即使注意到他離開也沒有跟著移動，一心只顧在拜殿前面祈求神明。

她們或許在掛念凪沙這個朋友的安危，也或許在祈求別的事情。不管內容是什麼，古城都無從得知。

慶祝新年的煙火聲至今仍響個不停。

古城在等待淺蔥和雪菜參拜完的這段時間，又拿出了手機來看。顯示在液晶螢幕上面的，是從電腦傳送的那張夜空照片。

「總不會弄到最後才發現……這上面拍到的是煙火吧？」

古城姑且問了參拜結束才過來會合的淺蔥和雪菜。

滿布夜空的巨大圖樣，天上璀璨陸離的人工光彩。以這層意義而言，兩幕光景並非沒有共通點。可是，淺蔥她們毫不遲疑地駁斥那樣的可能性。

「我實在不這樣認為耶。再說數位資料要怎麼改都行。你不要太鑽牛角尖比較好喔。」

「就是說啊。就算這是魔法陣，也不一定就是針對風沙發動的啊。」

「不過也無法保證事情就不是那樣吧？」

做了最壞設想的古城獨自抱頭苦惱。淺蔥似乎是嫌煩，才無視於古城轉向雪菜那邊問：

「關於這部分，妳看不出來嗎？比如這是什麼效果的魔法陣。」

「對不起，我沒有那麼熟……不過讓紗矢華來看也許就會知道了。」

「煌坂嗎……」

聽完雪菜說明的古城回神抬了頭。

煌坂紗矢華和雪菜一樣是隸屬獅子王機關的攻魔師。這名少女被賦予了精通詛咒以及暗殺的「舞威媛」頭銜。

「對喔，這道魔法陣有點像……」

「像紗矢華用的『煌華麟』。」

雪菜對古城嘀咕的內容點頭。她恐怕從一開始就注意到了。

凪沙拍到的光紋與煌坂紗矢華用嚆矢造出的大規模魔法陣十分類似。雖然細部的圖樣和形狀都不同，不過在天空啟動魔法陣的特性還有規模之大都很相像。

「除了煌坂以外，還有別人有那套弓箭嗎……？」

「不。六式重裝降魔弓難以操控，聽說只有紗矢華駕馭得住。因為不只啟動所需的咒力量格外高，在適性上的要求也很嚴格。」

「這樣啊……總覺得挺意外的。」

紗矢華曾在嫉妒驅使下揮劍砍來，還企圖射殺古城。別看「煌華麟」在她手上似乎愛怎麼用就怎麼用，實際上卻好像是一把意外纖細的武器。

「不過從以前就有傳聞，以『煌華麟』的數據為基礎，並將構造精簡化的量產型武器已經製造出來了。雖然詳情我也不太清楚。」

「量產型？」

「是的。」

「意思是只要用了那個，其他施術者也能使用和煌坂一樣的咒術嘍……？」

「我覺得有可能。但是照理說……」

微微垂下視線的雪菜語塞了。

只要使用六式重裝降魔弓的量產型，就算不是紗矢華也能在天空畫出魔法陣。但就算那樣，造出量產型的仍為獅子王機關。

換句話說，等於是獅子王機關的相關人員讓凪沙受了事件牽連。

可惡——古城心急地咕噥並叫出手機的通話歷程。他隨便選了一個登錄過的號碼撥出。

「學長？」

「我打給煌坂問問看。假如這真的是獅子王機關搞的花樣，那傢伙或許知道些什麼。」

將手機湊在耳朵旁的古城迅速做了說明。

在旁邊看著的淺蔥露骨地浮現不悅的臉色，瞪著他問：

「你怎麼會知道煌坂的手機號碼？」

「那傢伙偶爾會主動打給我，我也不太清楚為什麼就是了。」

「什麼意思啊？」

「我就說不清楚啦。」

最初紗矢華是打著「把雪菜的近況告訴我」的名義才和古城通電話的，不過到了最近，也會聊到許多那以外的話題。諸如對上司的抱怨或者新上市零食的感想，都是一些無關緊要的話題。反正並不會帶來什麼害處，因此古城也都會隨便陪她聊聊，然而——

「怎麼了嗎？」

「沒人接。應該說，這個號碼變成空號了。」

偏偏在這種時候打不通——古城焦躁地瞪著手機。淺蔥則有些開心地揚起嘴角說：

「八成是被她設成拒接來電了吧？你對她做了什麼啊，古城？」

「怪我喔！」

「意思是和紗矢華聯絡不上了嗎？怎麼會這樣……？」

「你是不是問了什麼沒禮貌的事情？比如煌坂的胸圍或內衣尺寸或三圍之類。」

「哪有可能！問那些對我有什麼用啦！」

「不過要當成剛好打不通，時間點也太巧了。」

淺蔥不理強調自身清白的古城，短短地嘆了氣。

她隨口嘀咕的一句話，挺讓古城放在心上。剛好打不通、時間點。

凪沙斷了聯絡，還有紗矢華拒接來電。兩邊都算不上大問題。

兩件事接連發生卻讓人有了負面的想像，感覺像被看不見的惡意屏障遮住了視野。

「姬柊妳呢？不能和獅子王機關取得聯絡嗎？」

「要詢問事情當然是可以，不過只拿凪沙的這張照片，我也不知道該怎麼問……」

「比想像中棘手呢。」

「是的。」

雪菜抿脣點頭。古城默默地握緊沒有回應的手機。

淺蔥望著他們倆，像是想開了什麼似的聳聳肩。

「哎，既然如此就沒辦法了。」

「妳在說什麼？」

淺蔥望著納悶反問的古城，小聲地清了清嗓。她那種亂緊張的態度讓古城跟著變得神情緊繃。

「那、那個，古城……今天晚上我爸媽出門了，家裡都沒有人在……」

看似下定決心的淺蔥吸了口氣，紅著臉編織出語句。而且她往上瞟著古城，左右手的食指還忸忸怩怩地互相繞來繞去。

「要來我家嗎？」

淺蔥的邀約來得突然，讓古城緊握著手機停下了動作。

雪菜只能愕然看著古城和淺蔥近距離相望。

3

藍羽家位於人工島西區的東岸。紘神島上少見的獨棟宅邸比鄰而立，受綠樹環繞的高級住宅區。

「……對喔，我是第一次來淺蔥家。」

古城仰望被混凝牆圍繞的和洋參半式房屋，感慨頗深地嘀咕。

照淺蔥所說，這是她懂事以來第一次邀朋友到家裡。之前她開口時會異常緊張，似乎單純是因為這樣。

「好氣派的家喔……」

抬頭看著巨大鐵門的雪菜也發出感嘆。

屬於人工島的絃神島地價高得無法與本土相比，光是蓋獨棟住宅就算相當奢侈的事。藍羽家的土地在那當中更是格外廣闊，房屋的裝潢顯然也所費不貲。

「只是因為警備方便才會住這裡啦。這是老房子了，不要對裡面太期待喔。」

然而，解除玄關保全系統的淺蔥卻說得若無其事。

古城知道她那樣說並不是謙虛，而是單純陳述事實。

這裡是「魔族特區」絃神島。假如淺蔥純粹是有錢人家的千金，就不可能住在這種島上。她家有她家的狀況。

「我去整理房間，你們在這裡等一下。五分鐘就可以結束了。」

淺蔥帶古城他們進了玄關以後就這麼強調。即使稱為玄關也一樣有冷氣，還擺了供客人坐的長椅。

儘管古城並不覺得等待是苦事——

「要打掃的話需不需要幫忙？」

「反正你等就對了！」

淺蔥卻橫眉豎眼地瞪了姑且問一聲表示關心的古城，模樣兇得像在警告：敢偷看就宰了你！看來她是有什麼非常不想讓古城看見的東西沒收好。

「保全方面的確很嚴密呢。」

淺蔥離開以後，雪菜望著玄關低聲說了一句。

古城有些訝異地環顧四周問：

「那種東西妳看得出來啊？」

「雖然機械方面的結構我不懂，但是這裡用了相當高階的咒術來驅逐入侵者。還設了反射詛咒的結界。」

哦——古城佩服地點頭。

「因為淺蔥她老爸是紘神市的評議員嘛。」

「評議員？」

「大概和市議會的議員類似。淺蔥好像就是因為那樣才會被帶來紘神島。」

「原來是這樣……」

雪菜露出了理解的表情。在「魔族特區」生活的學生大多有其因素，淺蔥也不例外。

她還沒有升小學就在絃神島生活了。當時的絃神島在治安方面有許多問題，被本土居民用奇特眼光看待的情況也常常發生。在那種背景之下，淺蔥身為「魔族特區」為政者的女兒，在成長過程中肯定也吃了不少苦。淺蔥對於那些事絕口不提，應該也是出於自尊心。

「哎呀……有客人？」

古城他們的對話似乎被聽見了，走廊上傳來急促腳步聲，有個陌生的女性出來露了臉。是個樣貌樸素的年輕女性，往上束起的烏黑長髮與淡紫色和服十分相襯。

她一看到呆站在玄關的古城和雪菜，就露出了孩童般的純真笑容。

「不好意思，打擾妳了。」

古城在想東想西以前，反射性地先向對方低頭行了禮。不是說家裡都沒有人在嗎——他內心對淺蔥有了疑問。

「新、新年快樂。」

「新年快樂。」

雪菜問候的生硬模樣，讓女性愉快似的瞇起眼睛。面對毫無常識地在元旦深夜自己找上門的客人，她的態度友善得讓人吃驚。

「你們是淺蔥的朋友對不對？真好。她居然會帶朋友回家裡。待在這裡很熱吧？請進，儘管進來別客氣。」

「啊，不是的。因為淺蔥……呃，淺蔥同學要我們在這邊等……」

「你該不會就是古城吧？」

女性望著連忙托詞的古城，興奮地問。古城略顯緊張地端正姿勢說：

「是的。我叫曉古城。」

「哎呀，這樣啊……你就是古城。呵呵，很高興見到你……旁邊的可愛小妹妹是姬柊嘍。畢竟凪沙已經返鄉了。」

「是、是的。妳好，初次見面。」

和服女性亂亢奮的調調讓雪菜嚇得又行了一次禮。好奇得眼睛發亮的她正在觀察古城等人的反應。儘管這名女性笑容可掬又待人和氣，相處起來卻不太容易拿捏距離。想來她應該就是淺蔥的母親，不過古城和雪菜都不知道該怎麼應對。

「啊……！」

收拾完房間的淺蔥回來見到女性，微微地發出驚呼。

「堇阿姨，妳怎麼會在家裡！你們今天不是回老家了嗎？」

「仙齋先生的工作延誤了，才會改變行程的。」

藍羽董抬頭看著站在樓梯上的淺蔥，爽朗地說了。

董這個人是淺蔥父親的再婚對象，亦即淺蔥的繼母。淺蔥和她關係微妙，然而倒也不是感情差，感覺都是淺蔥單方面拙於和繼母相處。

「畢竟他們好不容易來玩啊。請進來坐坐吧。我馬上去準備茶，有淺蔥愛吃的菖蒲屋的銅鑼燒喔。」

「不用了，今天不是那種場合。我只是有急事才找他們過來的。」

淺蔥拚命想趕走年輕的繼母。董卻發揮了不可思議的強硬態度說：

「是嗎？不過妳想嘛，他們難得來一趟啊。」

「你們兩個先走！上樓梯以後右邊的房間！」

「啊……不好意思。那我們走吧，姬柊。」

「好的。」

淺蔥用被逼急了的口氣命令，古城和雪菜只好開始爬樓梯。那是一道頗為豪華的樓梯，用了在絃神島屬珍貴品的原木搭建。

古城打開淺蔥所指示的門，走進裡頭。

以淡藍色與粉紅為基調的房間很有女生的味道。

彷彿快被硬塞的衣服撐爆的衣櫥，零星的雜誌、化妝品及布偶，清洗過的制服吊在牆邊的衣架上，零亂的書桌和床單帶來的生活感格外真實。即使古城平時也會亂闖妹妹房間而挨罵，多少還是難掩緊張。

「這就是淺蔥的房間啊……確實有她的調調。」

「隨便進來好嗎？」

「她本人要我們進來的，沒辦法嘍。」

被有所顧慮地留步的雪菜一問，古城回答得像是說給自己聽一樣。

雖然在不常來的女同學房裡待不慣是事實，不過這裡也擺著象徵淺蔥另一面的道具。呆板的業務用螢幕及機架式平行電腦叢集。這是淺蔥花下大部分打工的薪水組裝出來的超高效能電腦。當古城察覺到那玩意的瞬間，就隱約了解淺蔥為什麼要找他們來自己房裡了。

「久等了，你們倆隨便找地方坐吧。」

淺蔥端著盛滿茶點和飲料的托盤回到房裡。她看起來會有種說不出的累，應該並非單純出於古城的心理作用。

「你沒隨便亂碰房間裡吧，古城？」

「才沒有。重要的是葷阿姨那邊不要緊嗎？我們都沒有好好地跟她打招呼耶。」

「沒關係啦。反正我本來又沒有打算讓你們兩邊碰面。」

淺蔥像個賭氣的小孩一樣噘著嘴回答。

等她將托盤放上桌，坐到電腦桌前以後，總算才舒坦似的自信地笑了。

「更重要的是你想知道凪沙現在的狀況吧？等著吧，我立刻查。」

「妳說的『查』是要怎麼查？我想我奶奶的神社裡並沒有牽網路線喔。」

古城遺憾似的點出狀況。

清貧神社和高科技本來就無緣，所在處更是連手機發射台訊號都收不到的深山。就算淺蔥身為駭客技術再高超，感覺也不可能在那種條件下確認凪沙的安危。

淺蔥卻表示這點問題她早就算進去了，自信地笑著說：

「會用電腦的地方可不僅限室內喔。摩怪，麻煩你過濾抓來的檔案。」

『是是是，小姐，大過年的就讓人工智慧這麼操。』

從淺蔥電腦的喇叭傳來了一陣亂有人味的合成語音。那是淺蔥的搭檔兼統掌絃神島五部超級電腦的化身——被淺蔥取名為「摩怪」的輔助人工智慧。

「廢話少說，快上工！」

『好好好，新年快樂嘍……嘿！』

摩怪照著淺蔥輸入的程式開始分析圖片了。

雖然摩怪具有世界最高水準的運算能力，卻有駕馭困難的毛病，據說絃神島上幾乎沒有技術人員能發揮它的性能。然而摩怪跟淺蔥莫名地投緣，都只對她的命令百依百順。換成普通技術人員和電腦要忙上幾個月的複雜作業，淺蔥和摩怪轉眼間就能處理完。

螢幕上顯示出來的，是穿風衣走在機場通路的可疑男子帶著一個活潑國中女生的影像。他們正是曉牙城和凪沙。

「監視攝影機嗎……！」

察覺影像來源的古城驚呼。當他開口時，牙城和凪沙的影像仍陸續在更新。電腦將機場內監視攝影機記錄的影像，還有牙城父女在絃神島拍的大頭照做了比對，正在追查他們的移動路線。

「畢竟有留下登機紀錄，我想可以從那裡去追凪沙他們的行蹤。而且只要依循信用卡的消費紀錄，還可以知道他們在哪裡買過東西。」

這麼說的淺蔥滿臉得意地挺胸。當中的道理並不是無法理解，不過實行起來應該沒有口頭上說的那麼簡單。要入侵公共設施和信用卡公司的伺服器從中竊取檔案，再鎖定僅僅兩名個人，感覺是足以令人昏倒的大工程。

不過照這樣追蹤下去，的確可以確認凪沙的現狀。

「好厲害……」

「這就是所謂的監視社會吧。」

雪菜發出感嘆，古城則恐懼得聳了聳肩。

當牙城等人離開機場大廳，摩怪就挖苦地格格笑了。

『你的老爸在機場租了車呢。用的是假名。』

「幹嘛用假名啊，那個臭老爸……」

幸好有摩怪察覺才沒出差錯，不過依情況來看，即使在這時候跟丟他們也不奇怪。不，顯然那就是牙城的目的吧。城府之深有如犯罪組織的老大。那傢伙到底幹了多少虧心事啊——古城傻眼地想。

淺蔥用了警方的車號辨識裝置，想追蹤牙城開上高速公路的車。那是將行車車牌記錄下來以利探案的電腦系統。

然而，淺蔥發出了「咦」這樣焦慮的聲音。

「沒留下行車記錄……表示他換了車牌？什麼時候啊！」

『咯咯……幹得真徹底。那就改從乘車者的圖像資料來認人。』

「從羽田開往東京了呢……不過來到澀谷就下了首都高速公路。」

「澀谷？」

怎麼會在那裡下高速公路——古城蹙眉。

離位於丹澤的奶奶家應該還遠得很。

『他們有留下在原宿的二手服飾店買衣服的記錄。還去吃了蛋糕套餐。』

「這是凪沙說過想去的店耶。之前電視上有介紹。」

雪菜聽到摩怪報告，有些難以啟齒地補充。那傢伙在搞什麼——古城感到傻眼。另外，同一時刻在絃神島這邊，古城正遭受神獸與邪神襲擊還差點沒命，不過那又是其他故事了。

「到飯店登記入住以後……這什麼啊？脫衣舞廳？」

淺蔥從牙城的信用卡確認到買票的消費記錄，然後鄙視地看了古城。看來牙城是趁半夜溜出下塌的飯店，一個人跑去脫衣酒吧尋歡了。

「跟我無關！是那個臭老爸自己要去的吧！」

「隔天他們還去了夢幻國樂園呢……接著就直接住進了那裡的飯店。」

「像這樣追蹤有意義嗎……？」

古城滿臉無力地嘀咕。猛一回神，原本要確認凪沙安危的搜查行動，已經莫名其妙地變成在看曉牙城出洋相了。遊樂園的監視攝影機裡，留著牙城不顧年紀在頭上戴貓耳玩鬧的影像。古城身為他兒子，實在不能不引以為恥。

『有動作嘍。』

之後牙城還去了酒廊，凪沙則去拜訪了小學時期的朋友。在久久才踏上一次的本土充分玩樂過以後，他們倆似乎總算想起了原本的目的。

牙城和凪沙換搭新租的車離開都內，是在離開絃神島的第四天才終於啟程。古城確認到這一點後鬆了口氣。

「這次好像真的朝奶奶家出發了。」

「跟凪沙寄簡訊來的日期也一致呢。」

雪菜語氣冷靜地點出事實。

透過設在高速公路的各種監視器和監測儀器，要追蹤出租車輛是簡單的事。載著牙城和凪沙的四輪驅動車沒受到什麼意外波及，一路駛達神緒湖。在神緒多水壩建造出的人工湖畔，有古城他們祖母所住的古老神社。

凪沙手機裡那張圖檔的攝影日時，和淺蔥估算他們租的那輛車預定抵達時間幾乎一致。誤差頂多十五分鐘。表示凪沙是在抵達目的地的神社以後，隨即目擊那道巨大的魔法陣。

也有可能正是因為凪沙他們到了，那道魔法陣才會發動。

雪菜的臉色會微微發青，八成是因為她也察覺了那種可能性。

假如那道魔法陣是等凪沙他們抵達才發動的，就並非單純的巧合，代表凪沙或牙城其中一邊成了施法的目標。

「摩怪，你察覺了嗎？」

『嗯，有古怪。』

另一方面，淺蔥和摩怪似乎也察覺哪裡不對勁而壓低聲音。

「怎麼古怪？」

「車子一路開得太順暢了。凪沙他們搭的車……在路況混雜的年末期間，一次都沒有在路上碰到塞車。」

淺蔥回答了古城的疑問。古城卻不太明白淺蔥對此起戒心的理由。

「不是單純的巧合嗎？再說最近的汽車導航器還會教駕駛抄捷徑吧。」

『錯嘍，其他道路全是這種調調。』

摩怪叫出周邊的道路圖。閃爍的紅色箭頭似乎是表示道路的壅塞情況。主要幹道發生了大塞車，其壅塞程度甚至讓人覺得有些地方下車走路會更快。

「只有往丹澤……神繩湖的路是空著的喔。倒不如說，所有人都無意識地避開那條路。其他道路會擠成一團，或許就是因為車流轉嫁過去的關係。」

「無意識地避開那條路……喂，難道說……」

「有人設下了驅人的結界……！」

古城和雪菜察覺交通失衡的原因，都吞了一口氣。

除了牙城和凪沙以外的所有人，都在當事者不知情的時候中了無法接近的神繩湖的詛咒。反過來說，被誘導進結界裡的只有凪沙他們而已。

他們原本以為凪沙拍到的魔法陣是一切異狀的發端，但並非如此。

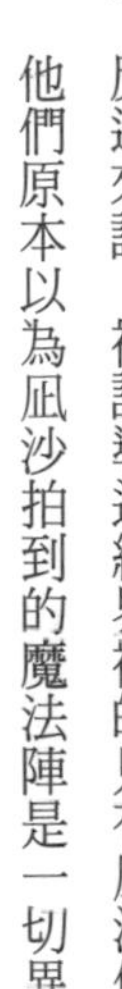

詛咒從凪沙接近神繩湖以前就已經生效了。

已經沒有餘地可懷疑。被當成目標的，就是牙城或凪沙其中一邊。

「將神繩湖周圍全部用結界包住？這種事情有可能辦到嗎？」

「可以的。只不過需要大費周章地準備，還得湊齊數量可觀的施術者……」

「表示那不是單人能用的咒術嗎……」

古城焦急地咬牙切齒。

驅人結界是最基本的咒術之一。說得極端一些，光是擺一塊「此路不通」的路標，就能構成最低限度的結界。雪菜等人使用的驅人咒術只是用咒力來代替那些小道具，基礎原理仍舊不變。

不過正因為原理單純，施術規模越大，維持結界所需的人手以及勞力就會呈指數函數增加。假如要將神繩湖周圍的閒雜人等全部驅離，就必須有規模相當大的集團才對。

「摩怪。」

『噢。』

用不著淺蔥做出具體指示，摩怪便開始搜尋了。

只要知道有巨大組織在行動，要揪住其真面目並不難。因為統率程度足以設下驅人結界的組織數量有限。

而且相關人員越多，要滅跡也就越難。

伙食、休息、移動、通訊——維繫集團活動的種種形跡和金流會透露出組織的真面目。

『原來如此。我明白當中玄機了。』

諷刺地笑著的摩怪在螢幕上秀出了許多圖片。那是一群身穿迷彩服，並且以槍械武裝的人的圖片。

『在神繩湖周圍，到處都是以下雪及土石流為由而禁止通行的道路。用救災名義派去的則是自衛隊。』

「自衛隊……？」

與其說古城驚訝，不如說他單純感到混亂。曉牙城確實是個惡名昭彰的考古學家，所做的實地考察更遊走於犯罪邊緣，但絕非危險到會被自衛隊當成目標的有害人物。何況凪沙只是普通的國中生。古城認為，這當中應該搞錯了什麼才對。

『只不過是實際指揮那些人的，是名為魔導災害管理局(SDC)的組織。設下咒術結界的也是這批人。』

「魔導災害管理局……！」

結果對摩怪的話產生反應的是雪菜。只見她發抖的嘴唇正逐漸失去血色，睜大的眼睛則看似害怕地微微閃爍著。

「姬柊？」

「魔導災害管理局是獅子王機關虛設的組織之一。主要任務在研究如何防止魔導災害，以及提供情資給政府機關。」

「獅子王機關……！這是怎麼回事……？」

古城對說明音量微弱得快要聽不見的雪菜擺出了責備似的表情。

獅子王機關是旨在防止大規模魔導災害及魔導恐怖攻擊的組織。至少古城之前是聽雪菜那樣說的。正因如此，即使他看了那張魔法陣的圖片，心裡還是有一部分安得下心。古城認為，獅子王機關不可能會對凪沙他們不利。

遺留的形跡卻當面否定了古城的想法。

結果，冷靜地代替說不出話的雪菜回答的是淺蔥。

「表示自衛隊和獅子王機關達成某種共謀而封鎖了神繩湖吧。為了要防止魔導災害。換句話說，那就是和凪沙失去聯絡的原因。」

「意思是……凪沙受到魔導災害波及了……？」

『也可能是為了引發魔導災害，才會找妳妹妹過去。』

咯咯——摩怪帶著散發惡意的語氣笑了。

古城對人工智慧的那句話嚇得產生了難以言喻的不安。

凪沙以前確實也有身處巨大魔導災害當中的經驗。那場災厄殃及數萬人，結果讓一座人工島沉沒了。

但是那並非凪沙的責任，其原因也已經消失。如今凪沙根本沒理由和魔導災害牽扯上關係才對。

在如此思考設法要保持冷靜的古城旁邊，雪菜的身子變得嚴重不穩。

「獅子王機關……怎麼會……為什麼……」

「姬柊……！」

察覺狀況有異的淺蔥驚呼。持續短促呼吸的雪菜像是因為暈眩而倒下。

「姬柊！喂，姬柊！」

被古城抱穩的雪菜在臂彎中畏懼似的微微搖著頭。

隨後，雪菜就這樣乍然失神了。

4

古城望著開始泛白的海平線發出了嘆息。

眼前一整片庭園是淺蔥自家的院子。蘊含枯山水匠意的日式庭園雖然還不到廣闊的地步，也已經豪華得讓人看不膩。

時間即將來到元旦的凌晨五點。

感到眼前稍微發黑的雪菜正在淺蔥的床鋪休息。還有淺蔥也說她要脫掉振袖，嫌了一聲「礙事」，結果古城就被趕出淺蔥的房間了。

雪菜昏厥的原因，大概是來自精神上的刺激。

獅子王機關將凪沙拖進事件的疑慮。那使得雪菜產生了意料外的動搖。

古城雖是雪菜的監視對象，但凪沙不一樣。她比較像單純的朋友。獅子王機關卻與她的失蹤有所牽連。而且，雪菜什麼都沒有被告知——

對於從小被獅子王機關扶養長大的雪菜來說，那種衝擊似乎遠比古城想像的更嚴重。並不是雪菜的心靈脆弱。產生動搖反而才是自然的。畢竟雪菜身為劍巫雖具備高超戰鬥力，實際上仍不過是個讀國中的少女。

正因為古城明白那一點，從他的立場也就無法責備雪菜。

但古城在另一方面也有著急的情緒。當他逗留在這裡時，凪沙有可能正暴露於危險當中。話雖如此，目前的他幾乎一籌莫展。

古城一面感到心焦，一面佇立於黎明前的庭院。

那樣的他，腳邊忽然遭受衝擊。

「唔哇！」

差點失去平衡的古城察覺到衝擊的來源，因而睜大眼睛。最先跑進他眼簾的是銳利獠牙，還有充滿好奇心的圓圓雙瞳。

「是……是狗？」

儘管古城嚇得心臟猛跳，還是在狗撲上來找他玩的時候設法挺住了。那是隻體重似乎有三十公斤以上且肌肉結實的大型犬，大概有拳師狗的濃厚血統。雖然長得一副無賴樣，卻給人開朗而聰明的印象。

「我把牠當看門狗養，但是牠實在太喜歡親近人。」

從驚魂未定的古城背後，傳來了低沉穩重的說話聲。

回頭的古城看見了一名穿輕便和服的中年男性。

對方個子並不算多高，身段倒顯得沉穩，是個散發獨特氣質的人物。古城頭一個聯想到的是以「黑」開頭、「道」結束的二字詞語。和凶臉的拳師狗相比，這個男的更加恐怖。

「和你一起來的那個小妹妹狀況怎麼樣？」

男子用了和外表形象相反的溫和語氣攀談。

「我想她已經沒事了。只是發生太多事情讓她嚇了一跳而已。」

古城反射性地擺出立正姿勢，回答得鏗鏘有力。身體牢記著對年長者要有禮貌，是以前參加體育社團養出的習性。

「沒大礙就好，但是別太逞強了。無論是她，或是你。」

男子大氣地點頭說。此時古城已經想起對方的來歷了。

古城沒有直接和對方交談過，卻也見過幾次。

男子是絃神市的評議員藍羽仙齋──淺蔥的父親。

「不好意思，在這種日子給你們家添麻煩了。」

古城為了在元旦深夜登門打擾的事向仙齋賠罪。

仙齋卻顯得有些愉快地搖頭說：

「無妨。你們是淺蔥第一次帶回家的朋友，況且能像這樣和世界最強吸血鬼講話的機會可不多。」

「……唔！」

仙齋隨口講出來的話，讓古城掩飾不了自己的表情。渾身冒冷汗的古城幾乎是無意識地開口反問：

「你……知道我的事情……！」

「沒什麼好訝異吧。我好歹是絃神市的評議員。在人工島管理公社也有許多朋友。對於將來可能在絃神島發生的危機，我認為自己具備最基本的預備知識。」

仙齋明白古城的真面目，仍從容地露出微笑。

「在此前提下，不知道能不能拜託你一件事？」

「拜託……我嗎？」

古城語氣納悶地反問。即使從客觀角度判斷，仙齋提出的意見還是令人意外。

古城確實獲得了第四真祖的力量，但除了敵我不分地摧毀以外，那樣的能力幾乎派不上任何用場。古城本身不過是個無權無勢的窮學生。假如想在絃神島上過像樣的生活，仙齋在全方面都擁有更強的權勢。

即使如此仙齋還是望著古城，並且有些落寞地將眼睛瞇細。

「這件事恐怕只有你才辦得到，曉。」

「咦？」

「我想將淺蔥託付給你。請你讓那孩子幸福。」

「……啥？」

古城望著藍羽仙齋那張威嚴十足的臉，懷疑起自己的耳朵。

他沒有立刻理解自己聽到了什麼。

這樣簡直就像是新娘的父親跟女婿之間的對話。然而，要懷疑是對方在捉弄他，仙齋的眼神又過於認真。

「呃，請問……那是什麼意思……？還有，淺蔥本身的意願呢？」

難道自己會被迫和淺蔥訂下婚約嗎——古城抱著這樣的焦慮反問。憑仙齋的權勢，要逼他們成婚應該只是小意思。

仙齋不改表情，以沉穩的語氣繼續淡然說了：

「你遲早也會明白，她是個背負著有些棘手的命運出生的女孩。某方面來說跟你一樣，或者更甚於你。」

「淺蔥的……命運？」

古城受到仙齋沉穩的態度影響，取回了些許冷靜。

不過古城再怎麼思考，也還是不懂仙齋話裡的含意。淺蔥和古城、結瞳並不同，是普通的人類而非魔族，更不像雪菜或那月她們那樣擔任攻魔師。

硬要說的話，淺蔥過去曾因為駭客能力太過傑出而被恐怖分子綁架。古城能想到的只有這一點。

即使如此，從仙齋眼裡依然可以感受到絕不動搖的氣勢。

「所以若是淺蔥需要你時，能不能請你待在她身旁？」

仙齋用了預言般滿懷把握的口氣問。

就算古城不明白他的用意，對那個問題的答案也是從最初就定案了。

「那當然。」

「感謝你，曉古城。」

仙齋滿意地微笑了。接著，他忽然擺出精明政治家的臉色問：

「對了，我有兩個女兒。聽說你在家是長男，不過關於入贅這樣的選擇，不知道你的父母是怎麼想的？」

「啥？入贅？」

還是聊到那方面去了嗎——古城感到強烈混亂。淺蔥的命運云云跑去哪裡了？

「身為一介政治家，我差不多也該考慮地盤繼承的問題了。沒什麼，你用不著擔心。第四真祖的知名度在選舉也十足有用。假如你對從政有興趣，我可以從現在開始花工夫將你培育成能夠獨當一面的政治家。」

「呃，那個，我現在還沒有想過什麼從不從政——」

「但是在外頭風流就不行了。那樣不行。假如你除了淺蔥以外還有跟其他女性交往，就應該盡早處理。需要錢的話我來準備。」

「問題並不是那樣啦。」

仙齋運用精明政治家特有的魄力，想直接說服困惑的古城。

那樣的他，後腦杓忽然冒出了被東西打到的慘痛聲音。

接著，古城的鼻尖也「唰」地受到銳利衝擊。

「你們兩個在談什麼啦！」

「好痛……淺、淺蔥？」

捂著臉呻吟的古城眼前所見的，是把遛狗繩用得像長鞭一樣的淺蔥。她的臉紅得跟海平線上浮現的新年朝陽一樣。

「我還在想怎麼到處都看不見人影，受不了……古城，你也不用理我父親（這傢伙）講的話啦！」

「不，身為派系龍頭，繼承者的問題還是該……」

「吵死了！亞述，給我上！」

「唔喔喔喔喔！」

幾乎成了馴獸師的淺蔥命愛犬撲向自己的父親。被巨大拳師狗纏著玩的仙齋當場摔跤。政治家臉上的威風全掃地了。

「古城，你要帶姬柊回去對吧？堇阿姨幫忙準備了車子。」

淺蔥指著藍羽家的玄關說。

古城轉頭望去，在庭院的出口附近有雪菜讓堇陪著的身影。雪菜的臉色還是有些僵硬，但身體似乎稍微恢復了。

話雖如此，由於徹夜沒睡的關係，古城的體力差不多也到了極限。凪沙的事情雖令他在意，為了保持冷靜的判斷力，還是得先回去休息。

「不好意思，什麼事都靠妳幫忙。這下得救了。」

「不用講那些客套的啦。畢竟我也一樣擔心凪沙。」

淺蔥隨便揮了揮手，像是在掩飾害臊。

「我這邊也會幫你收集情報，要冷靜行動喔。尤其要看著姬柊，別讓她魯莽地亂衝。還有這個拿去。」

「……這是什麼？」

「我備用的手機。有這個你就可以直接和摩怪講話。雖然它不一定會聽你的就是了，但我想或許派得上用場。」

「好、好啦。」

古城用亂不安的表情望著被交到手裡的鮮粉紅色智慧型手機。

款式陌生的行動裝置上到處都看得見改造過的痕跡。畫面上只秀著醜醜的布偶型角色。古城當然也明白摩怪的性能，可是老實說他也不太信得過這個傢伙。即使如此，要找出凪沙的下落就需要它的力量。不知道古城心裡的糾葛是不是被看透了——

『咯咯……多指教嘍。』

如此開口的摩怪挖苦地對他笑了。

5

藍羽菫為古城等人準備的是一輛漆成黑色的高級轎車。意外的是，握方向盤的人便是她本人。

照菫所說，她以前是仙齋僱用的司機。當仙齋的第一任妻子因病過世後，菫隨即和被政敵陷害的他賭命私奔並且墜入情網，於是兩個人就結婚了——儘管這番話不知道有多少能信，總之菫的駕駛技術是貨真價實。

雖然跟仙齋結婚以後，菫在家裡已經成為政治家的賢妻，但即使到了現在，她表示自己還是在開車的時候最自在。

像是在佐證那些話似的，開車時的菫比在家裡時更加親切而健談。她尤其想了解女兒淺蔥在學校的情況。對於古城和雪菜的關係，也拋來了尖銳的問題。

由於雪菜有些魂不守舍地沉默不語，回答那些問題的責任自然都落到了古城身上。雖說是一大早，元旦的幹道車流壅塞，古城與看似相談甚歡的菫恰好相反，精神力正一點一滴地耗損。

「——不好意思。能不能順道去一下六號坂呢？」

當車子開到一處眼熟的路口以後，雪菜忽然用苦惱似的語氣這麼問。霎時間，堇「噗」的一聲嚴重嗆到了。

堇會動搖也是難免。六號坂是位於人工島西區的特殊地名。因為那裡蓋了整排以情侶為主要客層的住宿設施，俗稱賓館街。

「不，妳誤會了。不是那樣啦。六號坂有獅子王機……不對，有姬柊朋友經營的店面。對，那裡跟古董店類似。」

為了解開堇的誤會，古城拚命說明。

六號坂的特殊建築蓋得密集，在咒術觀點上有許多死角。獅子王機關就是利用那種特性設置了供聯絡用的辦事處。那裡外觀看起來只像冷清的古董店，而且因為有特殊的結界，根本就不會在別人腦海中留下印象。

雪菜大概是想到那裡和獅子王機關的上司取得聯絡。

可是，堇當然不明白雪菜的用意。

「沒關係，你不用擔心，我會幫你們瞞著淺蔥。年輕真好呢。」

「我說過不是那樣啦！」

觀念開明的堇表現得亂貼心，反而將古城逼急了。儘管讓淺蔥知道確實很麻煩，然而放著堇繼續誤會下去也會造成困擾。

「到這裡就可以了。請妳停車。」

顯得急切的雪菜根本沒空注意古城有多慌。

堇照著指示將車停靠路肩，雪菜向她答謝後便衝出車門。

「那麼，我會在這裡等個三小時左右。你們慢慢來。」

「咦！呃，請妳先回去吧。在這種地方等我們也不好。」

古城嚇得對堇親切過頭的意見直搖頭。再怎麼說，總不能給她添那麼多麻煩。況且古城也無法判斷讓身為一般人的堇和獅子王機關接觸是否恰當。

不過，堇似乎將古城的話聽成了另一種意思。

「表示說，休息三小時還不夠你們辦事嘍……」

「辦事是什麼意思啦！」

「開玩笑的。你們有隱情對吧？不過，盡量別做會惹哭淺蔥的事情喔。」

堇說著溫柔地笑了。真是說不過這個人──古城發出嘆息。他完全分不出堇從哪句話開始是說笑的。然而，從文靜嫻淑的外表倒看不出，她其實是個有膽色的女性，這就是古城唯一認清的一點。大名鼎鼎的藍羽仙齋會娶她為妻也是可以理解。

「慢走喔。」

「多謝。」

受妳照顧了——古城行禮以後下了董的車。

雪菜正杵在坡道中間的狹窄路口。嘴唇緊閉的她表情僵硬，讓人感覺她從來沒有像這樣失去餘裕。

「姬柊，喵咪老師呢？」

古城一邊確認周遭景物一邊問。

喵咪老師是古城擅自幫雪菜師父取的綽號。對方似乎是極為優秀的攻魔師，但古城只見過被她當成使役魔的貓。

「……呃，是在哪裡啊？獅子王機關的辦事處。記得就在這一帶吧？」

「結界的術式改變了。變成連我也無法解咒(Decode)的形式。」

雪菜用缺乏抑揚頓挫的語氣回答。古城從那冷冷的嗓音發現她在生氣。獅子王機關背著雪菜將凪沙拖進事件這一點，似乎令她相當惦記。

「意思是連妳都進不去？幹嘛特地做那種改變啊？」

「我不清楚。可是，假如他們那麼打算——」

雪菜說著便忽然將手伸向揹在後頭的硬盒。她從盒子裡抽出的是一柄折疊過的銀槍。

原本處於收納狀態的槍柄沿伸變長，三道鋒刃「鏗」地開展。雖然說這是人煙稀少的早上，古城看雪菜在大街中間持槍擺出架勢，也只能愕然以對。

「姬、姬柊？」

「請你讓開，學長──『雪霞狼』！」

雪菜粗魯地揮下全金屬鑄造的銀槍。

她的槍被稱為七式突擊降魔機槍（Schneewalzer），是獅子王機關的祕藏兵器，擁有能讓魔力失效並斬除萬般結界的功能。

其效力對於掩蔽著獅子王機關辦事處的驅人結界當然也產生作用了。

結界留下玻璃碎裂般的「鏘」一聲隨即消滅，周遭街景給人的印象改變了。

之前古城他們不知為何都忽略掉的小巷現出了形影，在那裡頭，能看見冷清的古董店店面。是古城曾見過的獅子王機關辦事處。

「別亂來啦……」

「因為這是緊急情況。」

依然舉著銀槍的雪菜淡然回答了傻眼地吐氣的古城。

太過認真的正經個性適得其反，使雪菜有她偏激的一面。一旦失控的結果就像這樣。雖然說這是出於擔心瓜沙而採取的行動，仍舊不太妙。可以理解淺蔥為什麼會存有戒心，還要古城注意別讓雪菜做出太魯莽的事。

「店關著……普通來想也對啦。」

古城把手擱在總算抵達的古董店店門，無力地搖搖頭。

現在是元旦早上六點多，門當然鎖著。窗口拉上了窗簾，無法窺見店內情況。

「話說回來，這裡要是沒有喵咪老師在，看起來真的只像普通古董店耶。把這裡講成獅子王機關的辦事處，會不會也是因為我們自己搞錯了……？」

古城隨口說出老實的感想。他那麼說並沒有太深的用意，可是雪菜聽見那些話，一瞬間卻露出快要落淚的表情。

「唔……！」

於是，雪菜將手中銀槍的槍尖對準古董店的門。她想破門而入。古城察覺到那一點，連忙將人架住說：

「慢、慢著，姬柊！妳闖進去又能做什麼！」

「學長，請不要礙事！放開我！」

「反正妳先冷靜啦。店裡沒有人在，就算進去也沒用！」

「可是……！」

「古董商本來就不會在元旦的凌晨做生意吧。還有，獅子王機關的職員難道都沒放年假嗎？他們也算公務員吧？」

「偏偏在這種時候……怎麼這樣……！」

肩膀發抖的雪菜顯得很不甘心。

她生氣的心情也不是不能理解。在本土方面，獅子王機關底下一支名為魔導災害管理局的部門恐怕依然在運作。

然而卻只有雪菜的那些上司在放年假，聽到這樣的狀況沒人會接受。

「沒辦法直接聯絡獅子王機關的總部嗎？」

「因為高神之杜是與外界隔離的。」

「其他分部的聯絡方式呢？」

「不清楚。我不曉得。」

古城越問，雪菜的聲音就越小。原來如此——古城發出沉重的嘆息。即使雪菜領有劍巫的頭銜，也不過是組織裡的末端人員。上頭並沒有給她掌握組織全體情報的手段。

「妳什麼也沒有被告知，表示獅子王機關徹底封鎖了情報，想將我們排除在外吧。畢竟凪沙拍的照片也跟我們碰巧拿到的差不多。假如單純是聯絡上出紕漏，就無法說明跟煌坂聯絡不上的理由。」

「……學長，為什麼你能夠那麼冷靜？獅子王機關說不定將凪沙拖進事件了耶！」

雪菜用責備似的語氣問古城。古城有些困擾地將視線轉向天空說：

「我並不算冷靜就是了。因為我本來就沒有多信任獅子王機關，所以就算遭到背叛也不會太受刺激吧。」

「唔……」

「啊，不是，我並沒有在懷疑妳啦。」

古城連忙對著抿脣低下頭的雪菜打圓場。

「可是之前淺蔥有對我講過。獅子王機關不一定永遠都是正義的一方。再說組織裡說不定也有分派系或權力鬥爭啊。」

「你是說……組織中有權力鬥爭？」

雪菜訝異似的眨了眨眼睛。即使同屬獅子王機關，也會有可信任與不可信任的人。基本上，因為雪菜是直腸子的人，似乎都沒有那樣思考過。

「所以就算獅子王機關有妳不認識的一面，妳也不用為此自責。喵咪老師人怎樣我不清楚，但至少煌坂她總不可能背叛妳嘛。」

「說……說的也是。」

雪菜帶著軟弱無比的神情點頭。縱使心情還沒有完全整理好，她好像姑且釋懷了。因為還不能一口咬定是整個獅子王機關背叛了她。

於是，取回冷靜的雪菜忽然臉紅地仰望古城說：

「呃，學長，差不多可以放開我了，好嗎？」

「……咦？」

古城聽了雪菜的話，才想起自己依然架著她。雪菜的身軀瘦得就算抱起來也不會有負擔，卻意外地柔軟，緊貼的部位可以感受到肌膚溫潤地密合在一起。

「倒不如說，你在摸哪裡？」

「對、對喔……抱歉。」

古城被雪菜用冷冷的嗓音一說，才連忙放開她。

「不會，沒關係。畢竟原因出在我身上。」

雪菜說著理了理亂掉的衣服。銀槍也被折起，然後再次收回硬盒當中。

「哎，那碼歸那碼，結果我們還是不知道獅子王機關有什麼目的。無步可走嗎……」

古城感受到沉重封閉感，自嘲似的發出嘀咕。

和凪沙或牙城都聯絡不上，獅子王機關又將情報隔絕，古城他們無從得知神繩湖發生了什麼狀況。儘管淺蔥表示會幫忙調查，但光靠網路得來的情報，應該還是有極限。因為保留著濃厚自然色彩的神繩湖周圍和屬於人工島的絃神島不同，幾乎沒有電子機械能讓淺蔥奪為己用。

該怎麼辦才好——古城自問。

就在隨後，早晨人煙稀少的街上響起了一陣和緩的說話聲。

「你似乎有困擾呢，第四真祖——」

「！」

古城和雪菜同時轉往聲音傳來的方向。

最先進入眼簾的是影子。背對著眩目朝陽佇立的修長人影。

古風的烏黑長髮，搭配一身同樣古風的黑色水手服。即使在逆光下也能認出的美麗容貌，卻因為眼神憤世嫉俗而給人十分冷淡的印象。

「妃崎霧葉……！」

雪菜將手伸向背後的硬盒備戰。

古城也放低重心，擺出隨時可以行動的架勢。

妃崎霧葉是政府太史局的六刃神官——對付魔獸的專家。和獅子王機關的劍巫用的是同一套招式，據說兩者的關係為表裡一體。

在大約一個月前的蔚藍樂土事件中，她曾和雪菜等人交手。

當時並未分出高下。

然而，現在從霧葉身上感覺不到再戰的意思。而且她也沒有將手伸向揹著的大型三腳架攜行盒的動靜。

「好久不見，姬柊雪菜。臉色真慘呢。妳看起來像條被遺棄的小狗喔。」

霧葉回望疑惑的雪菜，揶揄似的如此相告。這名少女並非有意找碴，而是她只會用這種口氣講話。

「難不成妳知道嗎？」

「你們想知道獅子王機關正在神繩湖做些什麼對吧？我有說錯嗎？」

「是啊，當然了。需不需要我告訴你呢？」

霧葉望著訝異的古城，嘲弄人似的笑了。

她所隸屬的太史局是內務省旗下的特務機關。由於組織目的重複，和獅子王機關多有利害相衝突的狀況。大概正因如此才會連獅子王機關的動向都有所掌握。

「其實我是想早一點告訴你們的，不過因為你們在大街上抱在一塊不方便搭話，讓人很困擾呢。」

「什……不、不是的！」

「我們才沒有抱在一起！」

原來妳都在看喔──古城紅著臉瞪向霧葉。

霧葉露出淡然微笑，並且望著古城他們的反應。

「轉達真相給你們是無妨，但我們太史局和獅子王機關互相敵對。即使如此你們還是肯信我說的？」

「反正妳快講啦。」

古城齜牙咧嘴地催促霧葉繼續說。

「假如是獅子王機關怕被我們知道的事情，可以藉著提供情報得利的就是你們吧。在那層意義上我可以信任妳。」

「原來如此。道理說得通呢。」

霧葉佩服似的點頭。

古城也明白她的目的。為了妨礙獅子王機關行動，太史局打算利用古城他們。然而，那也表示霧葉篤定古城會與獅子王機關為敵。

「好，那我就悉數相告嘍。雖然我想你們會後悔就是了——」

霧葉背對染成深紅的海平線，道出了第一句。

結果，那成了逼古城他們做出重大決斷的命運之日的開始。

第三章 脫逃路線

Escape From Demon Sanctuary

1

結果古城再次醒來是在中午前。

意外的是他睡得很好。雖然睡眠時間不足三小時，腦袋卻不可思議地神清氣爽。或許是因為釐清自己該做什麼並且下定決心的關係。

古城下床沖個澡換了衣服。他換上的是平時不太有機會穿的彩海學園冬季制服，還披上質料較厚的連帽衣來代替制服西裝外套。

要帶的行李不多。古城只帶了自家鑰匙和手機，還有向淺蔥借的改造手機及專用充電器。反正也不知道會發生什麼狀況，東西越少越好。

問題是到了當地才買必須品會讓開銷增加。只靠古城手頭上的現金，坦白講實在不夠。

唉，不得已——古城一面對自己找藉口，一面前往凪沙的房間。

房間主人當然不在。即使如此，身為整理狂的凪沙房間裡依然整理得有條不紊。

古城毫不猶豫地走向妹妹的書桌，把手伸向抽屜。

「記得東西是藏在這一帶吧。」

同樣整理得條理分明的抽屜中，收著大量瑣碎的雜貨及貼紙。古城從中找出來的是一把黃銅鑰匙。把重要物品藏在第二層抽屜是凪沙從小就有的習慣。

古城對同樣藏在抽屜裡的日記本也感到在意，不過他硬是忍了下來，然後走向衣櫃。凪沙愛用的衣櫃有附鎖頭牢靠的抽屜。古城找的東西應該就躺在那裡面。然而──

「這什麼啊！」

古城拉開抽屜以後看到的，卻是塞得滿滿的成套內衣褲。和凪沙平常穿的相比，款式和質料的高級感都完全不同。看來是所謂的決勝內衣。

「別在附鎖頭的衣櫥裡擺這種東西啦……！」

面無表情地嘀咕的古城開始在抽屜裡摸索。雖然這用不著特意強調，但他要的並不是妹妹的決勝內衣。古城在找其他東西。辛苦到最後，古城翻到了藏在內褲下的提款卡和存摺。

「總之，有這筆錢應該過得去。」

古城挑了一本存摺確認存款餘額，然後嘆氣。

餘額為十四萬九千兩百八十九圓。以高中生的存款來說微妙得不知道要算多或少，不過省著用應該是夠了。

「抱歉，凪沙。我要拿去用了。」

古城暗自對不在的妹妹道歉，並且將提款卡塞進口袋裡。隨後──

「……你在做什麼，學長？」

有陣冰冷得令人發抖的嗓音扎在古城背後。

唔喔——嚇得蹦起來的古城將視線轉向嗓音的主人。結果無聲無息地站在他背後的，是露出鄙視臉色的雪菜。大概是睡到一半就急著起床趕過來的她，身上穿著淡灰色的連帽睡衣，帽子上縫著動物造型的耳朵，遠遠看去也像一套布偶裝。

「姬、姬柊……妳怎麼會在這裡……！」

「為了因應這種狀況，這是凪沙交給我保管的備用鑰匙。」

雪菜說著對古城亮出了一副眼熟的鑰匙圈和鑰匙。看來雪菜就是用那副鑰匙擅自從玄關進來的。

「『這種狀況』指的是什麼狀況啦！」

「我覺得學長是現行犯耶，還需要進一步說明嗎？我事先設了封印，只要有人擅自打開凪沙的衣櫥就可以及時反應。」

雪菜用鏡頭對著站在衣櫥前的古城，「啪嚓」按下相機快門。光看那張照片，應該只會覺得是古城正在凪沙擺貼身衣物的地方物色內衣褲。但這都是誤會——古城對雪菜猛搖頭。

「不對！我在找的才不是凪沙的內衣褲，我是想拿自己銀行戶頭的提款卡！那傢伙說我自己保管就會亂花錢，所以才會被她沒收啦！」

古城將存摺的姓名欄亮給雪菜看。戶頭裡放的大多是古城國中時期打工賺的薪水。那些都是他透過名為「幫忙」、實為「強制勞動」的零工，比如打掃深森的研究室或者替牙城跑腿才一點一滴存下來的錢。

原本古城是想拿來當成社團遠征時的路費，不過因為他退出了籃球社，這筆錢也就失去用途了。

「……你想用那筆錢做什麼呢？」

依然舉著相機的雪菜用疑心的口氣問。

古城「唔」地頓了一拍才說：

「呃，我是想，對了，好不容易過新年，這算是給自己發個壓歲錢啦。我考慮在新春大拍賣痛痛快快地用掉。」

「穿冬季制服去參加大拍賣嗎……」

古城被雪菜瞇著眼睛一瞪，整個人就僵硬得冷汗直流了。

為了不讓擔任監視者的雪菜發現，古城小心翼翼地做著動身的準備，豈知居然是因為開了妹妹擺內衣褲的地方才讓事跡敗露。

「你打算去本土對不對，學長？」

「對啦。」

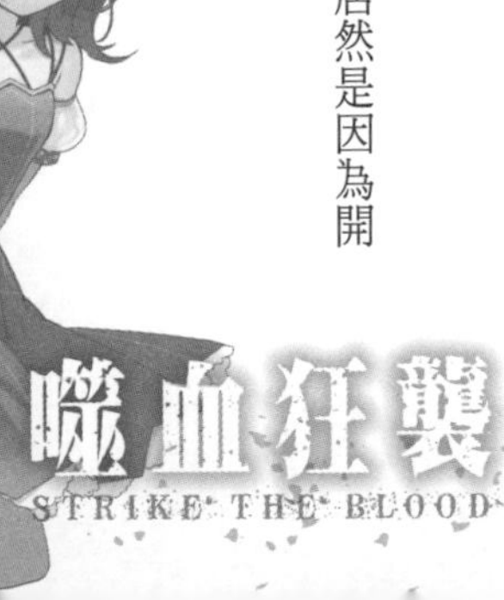

古城認命地嘆氣點頭。雪菜看似不悅地挑眉。

「瞞著我偷偷去嗎？」

「誰叫妳會阻止我。」

古城打開天窗說亮話。雪菜則用正經的表情望著他說：

「是啊。因為學長是吸血鬼真祖。就算在『魔族特區』裡走動勉強可以被接受，要是到本土隨便亂跑是會成為大問題的。我不能放過學長。」

「呃……關於那部分，能不能設法通融一下？」

「不行。」

「我想也是……」

真受不了──雪菜瞪著把嘴巴撇一邊的古城嘆氣。

「基本上，學長打算怎麼離開絃神島呢？凡是出入『魔族特區』的人，都有義務接受嚴密的檢疫措施，你總不會是忘了吧？學長是第四真祖的事肯定會露餡喔。」

「啊……是那樣沒錯啦。」

古城煩躁地搔了搔頭髮。要離開絃神島這座孤島，實際上只能透過空路或海路，並無其他選擇。而且機場與港口各有特區警備隊的部隊留駐，以防範未登錄魔族越境。古城身為「魔族特區」的居民，也很明白要鑽過他們的法眼並脫逃出境是件難事。

「所以啦，那部分我打算找那月美眉幫忙設法。」

「找南宮老師嗎……？」

雪菜似乎對古城的答覆感到意外，吃驚地眨了眨眼睛。

「就算是南宮老師，要讓學長免除檢疫也會有困難吧？」

「呃，那個，不是那樣啦。」

身為傑出國家攻魔官的那月在人工島管理公社人面相當廣——然而，那終究只是在絃神島上吃得開。沒有做任何安排就要放身為第四真祖的古城出島，即使憑那月的能耐也不可能才對。桀敖不馴的那月本來就讓人覺得她不擅長操弄那種檯面下的政治把戲，古城自然從一開始就沒有抱著那樣的期待。

「想通過出島審查是很麻煩，不過只求離開島上的話還是可以蒙混過去吧？我想請她用空間移轉帶我上飛機啦。」

「……意思是，你打算偷渡嘍？」

雪菜傻眼似的扠腰。古城沉重地點頭回答：

「依情況來說，也是可以那樣解讀。」

「可是根本沒有其他解讀方式耶。」

「情況緊急所以沒有辦法嘛！要是有更妥當的方式我也會用啊！」

古城終於有些惱羞成怒地吼了出來。雪菜卻不停止追究。

「假設學長靠那樣到了本土，回程時又打算怎麼辦呢？」

宛如在教小朋友的雪菜保持冷靜繼續質疑。絃神島的入島審查遠比出島來得嚴格。

「關於那部分，我覺得可以臨機應變啦。」

大方挺胸的古城似乎是放棄思考了。

雪菜忍著頭痛似的將手湊在太陽穴說：

「學長什麼都沒有想呢。」

「哎，最糟的情況，我想只要說出自己是吸血鬼，應該就會被強制送回絃神島了吧。」

「可是到時候你的真面目也會在凪沙面前穿幫，那樣好嗎？」

「對……對喔……」

那就不妙了——古城抱頭懊惱。凪沙身為「魔族特區」居民卻患有重度魔族恐懼症。要是她發現古城變成吸血鬼，肯定會為此苦惱不已。這樣古城專程到本土就失去意義了。

「真是的……學長就是想瞞著我自己去本土，才會遺漏掉那麼重要的環節喔。」

「呃，我覺得跟瞞不瞞妳關係不大就是了……」

古城對雪菜那套亂不講理的歪理提出了軟綿綿的反駁。

雪菜輕輕地清嗓後又說：

「總之我換完衣服立刻就回來，請學長乖乖在這裡等著！」

「妳叫我等……為什麼？」

「學長接下來會去南宮老師家對吧。要拜託她幫忙偷渡。」

雪菜一副不可思議地微微偏頭問。

古城反而被雪菜的反應嚇到了。她不是來攔人的嗎？

「難道說，妳也要跟我一起去？」

「獅子王機關交派給我的任務是監視學長。既然學長要去本土，我當然也會同行。因為監視者就是為此存在的。」

「呃，可是妳剛才說不能放過我……」

「我的意思是不能讓學長離開我的視線範圍啊。」

如此表示的雪菜得意地挺胸。若是冷靜回想，會發現雪菜一次都沒有要求古城「不要去」。她只是對古城馬虎的計畫感到傻眼罷了。

「姬柊……」

雪菜強調要跟著一起去，讓古城忍不住別開視線低下頭去。

接著他用右手摀住臉。動作像是拚命想忍住因為感激而湧上的淚水。

「請、請不要感動得那麼誇張。我是為了凪沙，不得已才默許學長的非法行為！基本上，錯都是錯在學長不找我商量就打算離開島上！」

結果古城意料外的過度反應，反而讓雪菜心慌了。她大概沒想到古城會高興成那樣。

可是，古城本人倒沒有感激得憋著眼淚的感覺，還輕鬆地搖著頭說：

「啊，沒有……我想的不是那樣……」

「唔？」

「不是啦，冷靜下來以後，看見妳那套衣服……噗……」

終於忍不住的古城笑得肩膀打顫。

雪菜穿的是一套附有動物造型耳朵的連帽睡衣。

長褲的臀部位置還長了毛茸茸的尾巴。穿成那樣談正經事的情景戳中了古城的笑點。

於是雪菜總算察覺了被取笑的原因，立刻脹紅臉說：

「——唔！不是的，這、這套睡衣是之前大家過夜時，我和凪沙一起買的……看起來不是很可愛嗎……！」

「嗯，我覺得那套水豚睡衣很適合妳喔。」

「這是狼！」

「噗噗……！」

雪菜那帽子怎麼看都像水豚的造型，使得古城再度大聲地噗哧笑了出來。愛穿的睡衣被取笑，讓雪菜鼓著腮幫子怨怨地瞪向古城。

「為什麼要笑嘛，笨學長！」

啟程前的兩人毫無緊張感。

2

「會有點刺痛喔。」

護理人員在散發著消毒藥水味的窗口替淺蔥手臂扎上針筒。採樣的血液立刻被注入分析機，解析的結果顯示出淺蔥的細胞屬於人類。

「好的，沒問題。那麼請在這裡填上姓名和絃神市的居民登錄碼，往藍色窗口走。」

淺蔥從護理人員那裡收下文件，然後微微嘆氣。

這裡是絃神中央機場的國內航線登機廳。她已經辦完飛機的搭乘手續和隨身行李安檢，目前正在進行出島檢查。「魔族特區」的居民若要離開絃神島，必須通過比出國更麻煩的幾項手續。

「每次弄這個都覺得好麻煩。雖然我明白『魔族特區』非得這樣管控的道理啦。」

淺蔥一邊講著沒有抱怨對象的牢騷話，一邊走向下個窗口。

以堅固壓克力窗隔開的辦公亭另一端，坐著擺臭臉的男辦事員。辦事員瀏覽完文件，一臉沒勁地望著淺蔥問：

「藍羽淺蔥小姐對吧。妳一個人嗎？」

「是的。」

淺蔥把從喉嚨蹦出來的一句「用看的也知道吧」吞了回去，並且和和氣氣地露出微笑。即使如此辦事員依然連個笑容都沒有。

「妳會在哪裡停留？」

「東京。我要去見在都內讀大學的姊姊。」

「有發燒、嘔吐、腹瀉等症狀嗎？」

「沒有。」

淺蔥平平淡淡地持續回答辦事員的公務性問題。總之這些質問都只是照著規範定出來的形式手續。不過——

「近三個月以內是否有被吸血鬼吸過血？」

「咦！」

辦事員冷不防地問的一句，讓淺蔥忍不住發出怪聲。

辦事員冷眼看著淺蔥說：

「如果妳心裡有數，請到四號窗口再次檢查。」

「啊，不是的，沒有。完全沒有！」

「………」

辦事員臉色狐疑地盯著否認得亂慌張的淺蔥。不過，淺蔥倒沒有被進一步追究，平平安安地得到了允許出島的章印。

這樣麻煩的手續就算告一段落了。

「唔～～……多流了一陣冷汗。」

淺蔥拖著行李箱走向登機口。

從淺蔥的大衣胸口傳出了一陣頗有人味的合成語音。擅自透過手機喇叭講話的是摩怪。

『咯咯，老實講不就好了嗎？說妳和第四真祖已經舌吻了，不過還沒讓他吸血。』

「我們也沒有舌吻啦！話說你怎麼會知道我們接吻的事！」

淺蔥苦著臉撇嘴叫出聲音。淺蔥和古城接吻是在涉入莫名其妙的恐怖攻擊之後的事。當時淺蔥還不知道古城變成了吸血鬼，大概是因為這樣，她當時吻古城的用意似乎就被含混帶過了。

簡直像是在逗弄她的摩怪咯咯地挑釁笑著說：

『不過，小姐妳真肯奉獻耶。居然還為了古城小哥跑去本土。』

「我又不是為了古城。想找好久不見的大姊也是真的啊。」

淺蔥逞強似的說。她姊姊趁著考上大學離開了絃神島，目前在都內生活。淺蔥和她最後一次見面是在將近半年前。

「再說，老是只有我一個被蒙在鼓裡也很不爽吧。我想古城那白痴在這個時候，肯定正煩惱著要怎麼去本土。」

『哦。』

原來如此——摩怪對淺蔥有如預言的這番話表示佩服。

畢竟古城對妹妹那麼保護，應該遲早會說要到本土找凪沙。這樣一來，負責監視的雪菜當然也會與古城同行。

然後他們兩個肯定會光明正大地打著「不想對別人造成困擾」這樣的理由，把淺蔥留下來。開什麼玩笑啊——淺蔥心想。

淺蔥同樣也擔心凪沙，而且更希望能得知事情的真相。再說她和身為吸血鬼的古城不一樣，可以合法離開絃神島。不管怎麼想，淺蔥都覺得調查凪沙的下落是屬於自己的工作。

她當然了解這樣會伴有危險，不過從一開始就知道危險性的話，應該也或多或少能安排對策才對。

「咦……奇怪？登機口不是四號嗎？」

淺蔥發現機場裡莫名冷清，頓時停下腳步。

由於這天是元旦，利用機場的旅客稀少是可以理解。可是，人未免太少了。連機場的人員都變少，情況實在不對勁。

淺蔥抬頭看向牆上的電子布告欄，倒沒有什麼奇怪的端倪。只是有幾個班次的起飛預定時間和登機口改了。在任何機場都能看見那種稀鬆平常的景象。

儘管如此，淺蔥仍本能性地感覺到狀況有異。那是她才能感應到的異狀。直覺告訴她，機場這個龐大的系統正在背地裡執行某種程序。

『不妙嘍，小姐。是特區警備隊。』

在淺蔥察覺狀況有異的下一刻，摩怪悠悠地發出警告。

「咦！」

『十六名武裝警備員分成了三組人馬，正在員工通道上移動。再過一分四十秒就會被包圍。目標肯定就是妳。』

「開玩笑的吧！哪裡可以逃！」

『直直往前跑六十公尺以後有樓梯，從那裡下去就可以通到滑行道。雖然之後要靠運氣，但總比待在建築物裡像樣才對。』

「真是夠了！為什麼大過年的就碰到這種狀況！」

淺蔥捧著行李箱朝樓梯拔腿跑去。

看來現實要比淺蔥想像的更加充滿危險。

3

南宮那月的住處位於人工島西區的八層樓大廈。光看就知道是重金建造的高級公寓。根據傳言，那整座公寓都是由那月所擁有，而且她將最上面的整層樓當成自宅使用。

搭電梯來到八樓，就等於進了那月家的玄關。

「淺蔥家大雖大，不過這裡也不輸她家耶……」

古城已經連羨慕的心情都沒有，只是單純感到佩服地按了門鈴。

經過一會出現在走廊後頭的，是在新年穿上盛裝應景的亞絲塔露蒂。

「恭賀新禧。」

藍髮的人工生命體用了缺乏抑揚頓挫的語氣賀年。

古城和雪菜看她那樣，才想起「今天是元旦」這項差點被他們遺忘的事實。

「新、新年快樂。」

「不好意思喔，突然跑來拜訪。亞絲塔露蒂，我們有事要找那月美眉，見得到她嗎？」

連忙行禮的兩人回答得有些尷尬。

仔細一看，玄關裡到處都有門松和鏡餅一類的新年用品當擺飾。雖然看起來吉利，不過世上屈指可數的「魔女」住處倒是沒了形象。

「我表示肯定。」

亞絲塔露蒂面無表情地對古城他們現出嬌小的背影。那恐怕是「跟我來」的意思。古城和雪菜互相點了頭，然後踏進那月的住處。

和預料中相反，室內的裝潢單純素雅。牆面和天花板鑲了許多玻璃，給人明亮而具未來感的印象。或許是為了配合那月的身高，屋裡擺放的家具都顯得小巧。因此感覺有如小女孩細心布置出來的玩具屋。

亞絲塔露蒂將古城他們領到了一處開闊的飯廳。

長得讓人覺得像晚宴會場的餐桌上，擺著許多裝滿豪華料理的多層飯盒。忙著端盤子的則是穿和式褲裙的外國女性。

是個將銀髮剪短、長相英氣凜然的女騎士。

「咦？優絲緹娜小姐？」

「……古城大人？還有劍巫大人！」

察覺到古城等人進來的她在胸前合掌說了聲「忍」。

「阿爾迪基亞聖環騎士團麾下伏擊騎士優絲緹娜・片矢，謹在此祝賀各位新歲吉祥、萬事如意。」

「謝、謝謝。」

優絲緹娜鄭重的賀詞稍微嚇著了古城他們。這個人對日本文化依然專精得不太協調。

「話說，優絲緹娜小姐怎麼會在那月美眉家？」

「是的。當卑職於新年之際來向主君王妹殿下請安時，便接到了南宮攻魔官要求幫忙準備日本年菜的命令。」

「這、這樣啊。」

簡單來說，好像就是被那月叫去做白工的意思。

「王妹殿下是指叶瀨嘛。記得她也是住在那月美眉家裡。」

「正是。」

優絲緹娜對古城的嘀咕表示肯定。

夏音曾經是模造天使事件的受害者，在事件過後，是那月以監護者名義收留了她。或許該說真不愧是教育者，從外表看不出那月意外地擅於照顧人。

和夏音同樣在這裡住下來的，另外還有一個人。

「喔，這不是古城和雪菜嗎？」

爬上桌巾對古城他們親暱地打起招呼的，是一尊身高不滿三十公分的美麗東方人偶。那是年齡超過兩百七十歲的古代大錬金術師妮娜．亞迪拉德最後落得的模樣。由於某種原因而失去大部分身體的她，用僅剩不多的液態金屬重新塑造了自己的肉體，被夏音飼養在這裡。

「怎麼啦？你們是來和身為長輩的妾身討壓歲錢的嗎？」

立場接近寵物的妮娜卻口氣狂妄地這麼問了一句。

古城對那樣的她揮了揮手說：

「不用充門面了啦。我不求在妳或那月美眉身上看到長輩的威嚴。」

「啥！你這傢伙，對身為古代大錬金術師的妾身口出狂言，可是會後悔的。只要材料齊全，貨幣這種玩意要多少都可以變得出來！」

「那不就是偽鈔嗎！我信不過妳的錬金術啦。別逼我明講。」

古城一臉嫌煩地吐槽拚命想維護自尊心的妮娜。

妮娜確實是優秀的錬金術師，不過大概是因為活得太久才變得缺乏一般常識。她用錬金術創造出來的物品不是需要付出昂貴代價，就是在現代根本無用武之地，全都沒什麼用處。

被古城挑明缺點而鬧起脾氣的妮娜背後，傳來了另一道溫婉的嗓音。

「新年快樂，雪菜，還有大哥。」

從廚房裡用托盤端著年糕湯出來的，是個銀髮碧眼的嬌小少女。那是穿著振袖的叶瀨夏音。藍底繡銀線的花色布料，和她的眼睛及頭髮顏色十分相襯。

「新年快樂，夏音……妳還好吧？」

雪菜趕到了夏音旁邊，並且從腳步彆扭的夏音手裡接下托盤。

「對、對不起。我不習慣穿和服，所以走路不太方便。」

「嗯。不過，妳這樣好可愛。」

「我和亞絲塔露蒂穿的款式一樣。是優絲緹娜小姐希望我穿的。」

古城看著雪菜她們和樂融融地聊天，心裡頭微微感到難過。她們倆都和凪沙很要好。古城想到凪沙要是在場，肯定會興沖沖地加入話題。

然而在把凪沙平安帶回來以前，那一幕都無法成真。

「……叶瀨，這些菜是妳們做的嗎？」

古城低頭看著擺滿餐桌的豪華多層飯盒問。

夏音開心似的微笑點頭。

「是的。不嫌棄的話，大哥和雪菜也請用。」

「可以嗎？太好了。這麼一想，我從過年以後就什麼也沒吃。」

想起自己空著肚子的古城露出苦笑。雖然吃飯不是他來這裡的目的，總還是需要進食。

「請稍待。我這就去準備餐具。」

優絲緹娜說著走向廚房。

雪菜有些不自在地望著優絲緹娜的背影問：

「這樣真的方便嗎？我們忽然上門拜訪，總覺得不太好意思……」

「毋須擔心。妾身等人在從失敗中學習的過程裡不小心將年菜做了些。」

看起來最幫不上忙的妮娜莫名其妙地擺著架子回話。

「從失敗中學習……？」

鍊金術師隨口嘀咕的一句，讓警覺的古城本能地感到不安。

身為液態金屬生命體的妮娜就不用說了，北歐阿爾迪基亞王國的軍人、修道院長大的王室之女，還有人工生命體少女——感覺沒有半個人對傳統日本料理是熟悉的。

她們煮出來的究竟是不是正常年菜呢——古城感到疑問。

夏音不顧古城心裡的擔憂，忙著將菜盛好端到了大家面前。雪菜和亞絲塔露蒂都已經就座。照氣氛來看事到如今也無法再改口說不吃，古城被無言的壓力從背後推著入座了。

「這、這是……」

古城在近距離仔細端詳那些菜以後，感到更困惑了。

外表確實像年菜。

可是盛在餐具裡的，顯然是不同於年菜的某種玩意。

碗裡的年糕湯傳出淡淡香氣，是清燉雞湯的味道。

「妾身盡可能參考這份廣告上的圖片煮出來的。與純和風年菜的滋味或許不太一樣，不過別在意。」

妮娜攤開百貨公司的年菜型錄大方地說。

戰戰兢兢地夾了菜的古城則像喉嚨著火似的辣得死去活來。

「我會在意！為什麼年菜裡要加辣豆！」

「嗯。豆子本來就代表著健康，為了祈求在新的一年都能好好幹活，它才會變成年菜裡不可或缺的一項菜色。」

「不對啦，黑豆和辣豆屬於不同的食物！哎，雖然這樣有這樣的好吃就是了！」

古城說著用雞湯湯底的年糕湯清口。另一方面，將疑似煎蛋捲的食物夾進嘴裡的雪菜露出微妙表情問：

「這是……蛋糕捲嗎？」

「是的。我在修道院學過甜點的做法所以很拿手。」

「這、這樣啊，好吃。」

雪菜神情微妙地對滿面笑容的夏音表達感想。

古城在這段期間仍默默地繼續用餐。他是因為把那些當年菜才會被預期外的滋味嚇著，只要想成是獨特一點的創意料理，倒不至於無法下嚥。

「拿蒙布朗蛋糕代替栗金飩是還可以接受……唔！」

對謎樣的年菜風料理逐漸適應而鬆懈的古城，在嚐了另一道菜後，頓時捂著嘴嗆到了。

「這、這是什麼味道！」

漂亮地盛在盤子裡的，是一道類似小米醃斑鰶的菜。又稱發財魚的斑鰶能帶來好兆頭，同樣是新年必備的應景菜。

可是，古城聞到的刺鼻怪味顯然不是來自那種單純的料理。

「這是我們祖國阿爾迪基亞王國的傳統菜，鹽醃鯡魚。透過氣密性高的罐頭讓魚肉二度發酵就可以增加鮮味。」

優絲緹娜一臉自豪地說明。

「等等……妳說的那個，該不會是被評為世界最臭食物的罐頭吧……？」

古城被味道薰得飆淚而且喘不過氣。

提起醃漬的魚肉料理，北歐出身的優絲緹娜會頭一個想到「那玩意」是可以理解，不過對古城來說刺激太強了。就算氣味沒那麼誇張，古城的五感已經因為變成吸血鬼而比過去更加敏銳。

「美味是也。」

「想不到東洋年菜和北歐鄉土菜會有共通點，真是意外。」

優絲緹娜和妮娜不管古城被薰得死去活來，都滿意地嚐著發酵後變得鬆鬆軟軟的鯡魚。

話說回來，身為液態金屬生命體的妮娜有味覺嗎──古城感到疑惑。

「哎，妳們吃得滿意就好，受不了。」

看似認命的他無力地這麼說。

接著，古城忽然將目光轉向依然空著的椅子。原本該坐在那裡的那月，始終沒有到飯廳現身的動靜。

「亞絲塔露蒂，那月美眉呢……？」

「不明。關於兩位，我收到的命令是：讓他們吃頓飯消磨消磨。」

「原來這是她下的指示喔！」

古城望著擺在眼前的菜餚，愕然地咕噥。

明明沒有其他的訪客來，那月為什麼會做出拖時間的指示？這是怎麼回事──古城感到困惑。

「不好意思，我們沒什麼時間。總之能不能請妳帶我們去見那月美眉？」

古城趕著把端出來的菜餚全部吃完，然後朝亞絲塔露蒂低頭拜託。

那認真無比的態度，讓亞絲塔露蒂猶豫似的閃爍著淡藍色眼睛。

「……命令領受。」

不久之後她便靜靜地這麼回答。古城和雪菜看了彼此的臉，然後同時起身。

「……大哥？」

發現他們神情緊繃的夏音不安地低語。

呼嗯——妮娜起了興趣似的瞇眼。此時，優絲緹娜的身影已經從飯廳驀然消失了。

4

會客室只是一個虛有其名的廣闊房間，那月就在那裡迎接了古城他們。

房裡陰暗無窗。比彩海學園教室更寬廣的房間內，冷冷清清地只擺了一張古董椅。如果撇去些微的照明不提，根本沒其他家具。宛如黑曜石的黝亮牆壁包圍著那寒肅的空間。

「怎麼了，曉古城？來向班導師討壓歲錢？」

沉沉坐在椅子上的那月挖苦地微笑著問。古城懶懶地搔頭說：

「那種話我聽夠了啦。剛才妮娜也講過。」

「不然怎樣？你總不會是來繼續補課的吧？」

「哎，跟妳猜的不太一樣，但我是有事拜託妳才來的。」

「呼嗯？」

那月回望臉色難得正經的古城，拖著腮幫子催促他：有話快說。古城靜靜地調整呼吸，把話說了出口。

「我想去本土。拜託妳幫忙。」

「你應該去公家機關申請簽證。」

那月的回答非常淡然。

「核發手續費三千三百圓。不過魔族申請簽證需經過登錄。你身為未登錄魔族的事會穿幫，無所謂嗎？」

「我不是那個意思！就是因為沒時間辦那些繁瑣的手續，我才會來拜託妳啦！」

古城粗聲粗氣地回嘴。當然，那月應該從一開始就看出古城他們已經急了，講話才會像那樣避重就輕。那反而讓古城更加暴躁。

「憑妳的話，要跳過審查的手續直接將我們送出絃神島應該很容易吧？」

「即使我辦得到，也沒有義務要為你費那種工夫才對，不是嗎？」

「就算事情攸關人命？」

古城說著將手機畫面亮到那月面前。是凪沙拍的魔法陣照片。

那月將人偶般整齊的眉毛揚起了幾公厘。

「這是什麼？」

「請問妳知道神繩湖嗎？」

結果雪菜反問了提出疑問的那月。

那月漠然地望向雪菜，像是在刺探她反問的用意。

「……那是位於南關東丹澤的人工湖吧。現在以觀光景點來說也很有名氣。」

「是的。」

雪菜從上衣口袋拿出了影印的新聞剪報。那是一篇日期在四十年前以上的舊報導。是太史局的妃崎霧葉把那交給雪菜的。

「目前神緒多水壩的所在地，以前曾有一個村子。那是人數不到三百人的小村落。」

「為了建設水壩而犧牲沉入湖底的村子嗎？悲劇歸悲劇，這算常有的事。」

那月一邊無聊似的換腿翹腳，一邊用平板的語氣說。雪菜含糊地點頭回應：

「也對。不過，村子會消失並不是因為蓋水壩的關係。在水壩完成的三年前，村子就已經消滅了。」

「為什麼？」

「因為當時的居民全部失蹤了，連痕跡也沒有留下。」

雪菜壓抑情緒的答覆，讓那月首度表現出明顯的興趣。

「原因是？」

「我不清楚。而且也不確定是真的原因不明，或者單純是真相並沒有公開。不過在沉沒的那個村落——也就是原本的神緒多村裡，有犀木薩滿工業這間企業的研究設施。」

「薩滿工業……製造咒裝機械的廠商啊。沒聽過這名字，倒了嗎？」

「是的。」

雪菜對那月的推斷表示肯定。

奇妙的是，犀木薩滿工業在神緒多水壩竣工那年就倒閉了。關於當時經營者和員工的紀錄都已佚失，完全無人曉得他們的去向。倒閉的原因也始終不明。

「不過這就怪了。為什麼要在那種偏僻的土地蓋研究所？」

那月口氣不大高興地反問。

「接下來我要說的僅屬推測，神緒多地區留有許多失事軍機的殘骸。我猜累積在那裡的資材中，可能含有某種強大的靈物。」

「軍機？妳是指過去大戰用的戰機機體？」

「是的。」

「為了調查那一點，才專程蓋了研究所嗎？可真是大有來頭的靈物。」

「對啊。不過，假如村民失蹤的原因也是出於靈物，就不能斷定那是誇大其詞了吧？或者，假如神緒多水壩本身就是為了封印那項靈物而蓋的呢——？」

「以陰謀論來說編得不錯，但欠缺說服力。非得用儲水量六萬五千噸的人工湖來封印的靈物會是什麼？」

「比如說聖殲的遺產，妳覺得如何？」

面對那月帶有嘲弄味道的提問，雪菜賭氣似的給了答覆。那月格格地笑著又說：

「不管怎樣，那都是超過四十年前的事了吧？」

「可是，萬一有能讓遺產甦醒的要素出現——」

「妳是指曉凪沙，對嗎？」

越說越急的雪菜被那月用一句話打斷。

雪菜訝異得變了臉色。

「咦……！」

「聖殲嗎？記得那是曉牙城的專業領域。而且，曉凪沙在過去曾經衝破一道聖殲時代的遺跡封印。」

「那月美眉……為什麼妳會知道那些……！」

古城同樣感到訝異。

和凪沙失去聯絡這件事，古城他們還沒有告訴那月。

那月沒有理由在這時候突然提起凪沙的名字。除非她從一開始就掌握了全局。

「獅子王機關應該蓋住了那條情報，你們是從哪裡得手的？太史局嗎？」

那月面無表情地望著杵在原地的古城等人，冷冷地開口逼問。

於是，古城總算明白了。有人在他們來這裡以前，把情報洩漏給那月。能辦到這一點的人，就古城所知只有一個。

「難道說，妃崎那傢伙也來見過妳了？」

「就在你們到的前一刻。」

那月一下子就承認了。換句話說，她從一開始就知道古城他們來的目的。

「既然這樣就早說啊！何必讓我們講那麼多廢話！」

古城氣得大叫，那月卻笑著搖頭。

「倒也不會。畢竟，我藉此確認到你們被太史局的小丫頭灌輸了什麼想法。」

「灌輸？」

「太史局和獅子王機關是對立的才對。然而，你們為什麼會信任那個眼神凶惡的女人？

有什麼能保證她說的是事實？」

「這張照片就是證據。我們偶然發現了凪沙留在手機的檔案。我們透過淺蔥取得了這玩意當對證，和太史局無關。」

「藍羽嗎？真是多事。」

那月始終盛氣凌人的臉色似乎冒出了些許破綻。

那月是優秀的攻魔官。假如這是純粹只與魔法有關的事件，就算面對雪菜，那月應該也能輕易將她說服並且攏絡。性格率直的雪菜經不起旁敲側擊，經驗更是遠不及那月。

然而扯上電子情報就另當別論了。在這座絃神島上，沒有人打電子戰能贏得過淺蔥。既然淺蔥保證是真的，就表示這張圖檔貨真價實。結果，古城他們會聽信霧葉給的情報，都是因為有淺蔥提供的真相做為佐證。

「也罷。用不著擔心，你妹妹有曉牙城陪著吧？你去了也只會讓事情複雜。乖乖把問題交給他就好。」

放棄哄騙的那月改用直話直說的方式來勸古城他們。

雖然在古城聽來並不愉快，但是那月的論調姑且說得通。將凪沙帶出絃神島的是牙城，而且那個男的實際走過好幾處戰場。

以普通的情況來判斷，信任牙城並且交給他處理才是上策。

「如果他靠得住，我哪需要這麼累。」

然而，古城立刻否定了那月提的主意。他眼裡浮現的是被逼急的焦躁及恐懼。

「其他也就算了，聖殲的遺產不能交給老爸處理，那東西他應付不了。再說這次的事不是他安排的。我有不好的預感。」

在無法言喻的衝動驅使下，古城拚命搖頭。

妃崎霧葉對古城他們透露的情報並不多。疑似聖殲遺產的靈物有可能沉在神繩湖的湖底，獅子王機關在好幾年前就對此靈物感興趣。而且在凪沙造訪的同一時間，屬於獅子王機關對政府窗口的魔導災害管理局有所行動──

關於被自衛隊封鎖的神緒多地區實際發生了什麼狀況，太史局似乎也還沒有掌握清楚。

可是對古城來說，光聽到聖殲的遺產這個字眼就夠了。

過去讓凪沙受到重傷，更將古城等人捲入離奇命運的遺跡──古城他們在地中海的「魔族特區」碰見的「東西」，正是聖殲的遺產。

凪沙將再次接觸聖殲的遺產。

光是想像那一點，古城就會感受到心臟被人掐碎般的恐懼。

「所以拜託妳了，那月美眉。借我一臂之力。」

古城眼看就要跪下來磕頭似的懇求那月。

然而，那月卻極為乾脆地拒絕。

「我拒絕。」

「為什麼！」

「阻止學生犯法需要理由嗎？」

古城被那月那種完全感受不到溫情的語氣打垮了。

而且他直覺地理解。

無論花費多少言語，都不可能說動那月。不單因為對方是班導師，那月還懷了其他的目的，想阻止古城從絃神島脫逃。

也許那並不是出於那月本身的意願。

身為攻魔官的那月背後有人工島管理公社。

至於人工島管理公社，應該也有不想放古城出島的理由。理由就是他們萬萬不願放開世界最強吸血鬼這顆棋子——

「這樣啊。我明白了。」

「……學長？」

雪菜愕然地望向口氣壓抑的古城。

她應該也沒有想到古城會這麼輕易就退讓。

「不用再說了，那月美眉。沒有考慮到妳的立場就擅自拜託是我不好。」

平靜地搖頭的古城說著從那月面前轉身。

「等等，曉，你想去哪裡？」

那月蹙眉瞪向古城的背影。古城卻頭也不回地舉起一隻手說：

「我會找別人幫忙。打擾妳了。」

「不行。」

那月用冷酷的語氣宣告。

瞬時間，古城他們眼前出現漣漪般的波動，寬廣的會客室冒出大量人影。

古城一下子無法理解發生了什麼，只是茫然地望著那些人。

現身將古城他們包圍的，是手持槍械的武裝警備員。

對付魔族的防護裝（Protector）、最新款的衝鋒槍——都是特區警備隊特殊部隊的裝備。

「那月美眉？」

古城瞪著嬌小如人偶的魔女大喊。

要一口氣對這麼多人施展空間移轉（Teleport），除那月以外絕無可能。但是，那代表那月完全變成古城他們的敵人了。

「我不能讓你們走。在這裡乖乖地束手就擒吧，曉。」

率領眾多警備員的那月開口了。
她所說的，是絕望的語句。

5

從虛空中現身的武裝警備員有八名。他們站成了夾攻古城等人的陣形，從兩旁亮出的槍口全是對著雪菜。

察覺到這一點的古城停下動作。雪菜的臉色因屈辱而扭曲。

「別動，曉。即使是獅子王機關的劍巫，也無法完全閃過每分鐘六百發的衝鋒槍火網。雖然用的是致命性低的橡膠彈，打中要害可不會只是受傷而已。」

那月冷冷地告訴古城。

雪菜和具備吸血鬼肉體的古城不同，屬於血肉之軀的人類。就算是單單一發子彈，也有可能對她造成致命傷害。那月正是理解這一點，才打算用雪菜當人質。

對雪菜來說，那相當於侮辱。

因為她等於被人點出自己就是第四真祖的弱點。

「妳刻意將話題拉長，是為了爭取包圍我們的時間嗎？」

雪菜看似不甘心地用顫抖的聲音問。

和霧葉接觸過的那月早就知道古城他們想離開紘神島。所以她才會一直勸古城他們斷念，另一方面又叫來特區警備隊。之前讓夏音等人殷勤招待，說不定也是為了拖住古城他們。

拐彎抹角得完全不像那月的作風。

「那月美眉……妳為什麼要做得這麼絕……！」

驚呼的古城與其說是憤怒，更覺得強烈地困惑。

然而，那月像人偶似的面無表情地斜眼看向古城，並且舉起右手。

「那個轉學生要走也就罷了，但我不能讓你離開紘神島。在風波平息以前，你就在我的結界裡歇著吧。我會好好款待你。」

「唔！」

古城全身感受到驚人的衝擊，呼吸隨之哽塞。像有意識的蛇一樣地纏住他全身的，是從虛空中射出的銀色鎖鏈。

「——我會在寒假結束前放你回去。別怪我。」

古城背後出現了蜃景般扭曲的空間。隔著那道空間的閘口(Gate)，像海市蜃樓般浮現出來的是一座宛如歐洲監獄島的巨大建築物輪廓。

南宮那月在自己夢中建構而成的牢獄世界——

用來幽禁凶惡魔導罪犯的「監獄結界」。

由於那是那月夢境中的世界，在結界當中，被收監的魔導罪犯會被封鎖住一切的能力。哪怕是身為世界最強吸血鬼的第四真祖也不例外。

一旦被拖進監獄結界，古城就不可能脫逃了。

然而就算明白那一點，古城還是束手無策。

「可惡！這道鎖鏈是什麼玩意……！」

即使動用吸血鬼的全副腕力，那月放出的銀鏈依舊紋風不動。

粗細和項鍊差不多，強度卻驚人。而且那似乎還具備封印魔力的力量，古城連眷獸都叫不出來。

「學長！」

雪菜臉色焦急地喊了再怎麼抵抗仍被拖向空間開口的古城。

但雪菜同樣束手無策。即使靠著劍巫能洞穿短瞬未來的靈視能力，要是被八挺衝鋒槍瞄準，還是不可能閃掉所有的攻擊。

而且只要她有絲毫抵抗的動作，那些武裝警備員大概就會毫不猶豫地扣下扳機。

因此雪菜動不了。假如她在這裡倒下，就沒有人能從監獄結界裡救出古城。何況古城要是在監獄結界耗掉時間，凪沙的處境就會更危險。

古城感受到閘口的魔力從背後逼近，焦急得咬牙切齒。

隨後，從意料外的方向傳來了一陣從容的說話聲。

「眾神打造的『規戒之鎖(Læðingr)』嗎……不愧是那月，擁有挺稀奇的魔具呢。」

「什麼？」

那月的眼神頭一次動搖了。

「唔喔！」

下個瞬間，捆住古城的銀鏈忽然像糖絲一樣溶解斷開了。

爬到因為反作用力而失去平衡的古城肩膀上的，是一團液態金屬。它一邊吞下斷開的銀鏈，一邊轉變成小小的人偶。

「物質轉換……！妮娜．亞迪拉德！」

「答對了，『空隙魔女』。」

「自稱」的古代大鍊金術師將液態金屬手臂揮得像長鞭，陸續捆住了武裝警備員的槍。太過違反常識的攻擊，讓特區警備隊的眾精銳也反應不過來。金屬零件被啃光的衝鋒槍在武裝警備員手中解體了。

「妮娜小姐！妳怎麼會來這裡……！」

總算從槍口前重獲自由的雪菜舉起銀槍問妮娜。

「因為夏音牽掛著你們啊。」

妮娜得意地揚起下巴。夏音對古城他們不尋常的模樣感到擔心，似乎就偷偷地派了妮娜過來偵察。

「原來如此……是妳玩的把戲啊，亞絲塔露蒂。」

那月不悅地撇嘴並瞪向人工生命體少女。

連古城他們都沒有察覺，暗地裡將妮娜帶來的正是亞絲塔露蒂。妮娜就躲在她那套女僕裝的圍裙底下。

「別太責怪那廝了，『空隙魔女』——身為無法違抗主人命令的人工生命體，那廝仍拚了命想為古城盡力。」

妮娜護著默默站在原地不動的亞絲塔露蒂，愉快似的揚起了嘴角。

或許，亞絲塔露蒂從一開始就知道那月有意捕捉古城等人，但她無法告訴古城等人。所以亞絲塔露蒂才會協助妮娜偵察。

身為人工生命體的她無法違抗那月的命令。不過，那月的命令並不包含「別將妮娜帶來」這一點。

「事情妾身全聽見了。身為大人，在這種時候，要敞開心胸送古城他們離開才合情理吧，『空隙魔女』？」

「寄人籬下還敢用這麼大的口氣……！」

年長的妮娜淡然告誡，使那月不耐煩地撂了一句回去。

這時候，特區警備員的隊員也沒有袖手旁觀。他們陸續抽出電磁警棒，也有人用徒手空拳朝古城及雪菜撲來。

「唔！」

雪菜立刻應戰，但是敵人數量太多了。就算憑她那身迪魔族都能制服的搏鬥技術，也不可能瞬間讓八名武裝警備員失去作戰能力。

有四個警備員合力攔阻雪菜，其餘四個則針對古城而來。

他們受過對付魔族的訓練，身為外行人的古城在肉搏方面不可能敵得過。糟糕——就在古城表情緊繃，警備員們志得意滿的瞬間——

「忍！」

穿和式褲裙的女騎士從他們背後突然現身了，完全疏於防備的武裝警備員被她陸續擊倒。一切發生在轉眼之間。

「優絲緹娜小姐！」

「沒事吧，古城大人？不才優絲緹娜‧片矢奉王妹殿下之命前來助陣了！」

優絲緹娜在愕然杵著不動的古城面前跪下，恭恭敬敬地行了禮。

接著，她從和服袖口掏出樣似手榴彈的金屬球。球體被砸向地板，白茫煙幕冒了出來。

「魔力攪亂幕嗎……用這種緩兵技倆。」

那月咬牙作響。優絲緹娜灑下的煙霧似乎有妨礙魔力傳導的效果。儘管只有遠程操作類的魔法會受影響，其妨礙效果對擅長操控空間的那月卻是奇佳。

「妮娜大人！」

「呵呵，交給妾身吧。」

被優絲緹娜叫到的妮娜從指尖放出眩目閃光。那是重金屬粒子炮——也就是所謂的荷電粒子炮。

灼熱的閃光打穿大樓外牆，硬是闢出一條通往逃生梯的脫逃路線。

「古城大人！還有劍巫大人也趁現在！」

優絲緹娜邊拖住特區警備隊的殘兵邊大喊。

「不好意思！多謝妳們幫忙！」

「謝謝妳們！」

古城和雪菜向優絲緹娜等人道謝以後，便趕往逃生梯。那月的空間移轉魔法目前遭到封鎖，不可能去追古城他們。

優絲緹娜等人目送著古城他們離去，然後轉向那月。

武裝警備員已經全部失去作戰能力了。可是，還有那月在。即使優絲緹娜和妮娜兩人聯手，也無法保證能攔住認真應戰的那月。

現在是靠魔力攪亂幕來妨害魔法，但不清楚面對魔女能管用到什麼時候。

儘管優絲緹娜等人都在警戒，那月卻沒有動靜。

嬌小魔女鬧脾氣似的揚起半邊臉，靜靜地嘆了氣。

「大過年的，屋子裡頭就被妳們搞得一蹋糊塗呢，妮娜．亞迪拉德和那邊那個耍寶的外國人。」

那月朝大樓外牆上開的大洞瞥了一眼，然後傻眼似的看向兩人。

「哼哼。要對屋主拔刀相向是有點過意不去，不過放他們一馬吧。無論如何都想交手的話妾身也可以奉陪，但是用妳的魔法對付妾身會有些吃鱉喔。」

妮娜盤腿坐在打倒的武裝警備員背上露出獰笑。

那月對她的挑釁不屑一顧，輕輕地揮了揮手像要趕兩人走。

「沒用的，妮娜．亞迪拉德。妳們打垮特區警備隊的特殊部隊是幫了我的忙。」

接著那月緩緩地站了起來。她冷冷地低頭看著痛苦呻吟的武裝警備員，開口時帶了些許的憤怒。

「人工島管理公社的面子我顧到了，結果就是這副慘樣。接下來要怎麼做隨我高興。把我的話轉達給你們的上司。」

那月全身散發出驚人威迫感，讓警備員們嚇得變了臉色。

優絲緹娜等人則是困惑地望著那意料外的光景。

6

古城和雪菜從那月的公寓持續跑了十分鐘以上，來到站前的鬧區。

購物中心正在舉辦新年大拍賣，雖說是元旦，來往行人相當多。就算是那月也不會在這種地方挑起戰鬥才對。如此心想的古城停下腳步，體力差不多也到極限了。

「來到這裡就沒事了吧？」

「應該是的。而且我也盡可能設下了妨礙追蹤的術式。」

雪菜握著召喚式神用的咒符回答古城。

面對使用空間操控魔法的那月，就算雙方離得再遠，也有可能在瞬間追上來。不過在她追丟古城等人這段期間恐怕是安全的才對。

「不過，這下傷腦筋了。沒想到那月美眉會那麼堅決站在反對的立場。」

古城一邊調整紊亂的呼吸，一邊為難無比地說。

他並沒有想得那麼美，認為那月會乖乖地配合幫忙偷渡，不過也實在沒想到只談了一下子就差點被塞進監獄結界。

「南宮老師會從一開始就把特區警備隊找來，也很讓人在意呢。」

「也對喔……應該說那不像她的作風吧。」

古城微微地板著臉同意雪菜所指出的疑點。

那月是獨立的國家攻魔官，並非特區警備隊的隊員。而且那月也沒理由向他們求援。因為她一個人的戰力就比特區警備隊的特殊部隊來得高。

根本來說，那月的空間操控術在發動神出鬼沒的奇襲攻擊時是最管用的。那並不適合用於特區警備隊擅長的團體戰。假如那月真的有意抓住古城他們，應該要獨自出馬才更有效率。

然而，那月卻刻意讓特區警備隊來對付古城他們。

這不就表示剛才的那月並沒有認真嗎——？

察覺其可能性的古城毛骨悚然。

那恐怕是警告。為了阻止古城離開絃神島，人工島管理公社已經有所動作了。那月就是為了將局面攤開給古城他們看，才故意讓特區警備隊動手。

而且，因為古城等人突破了特區警備隊的包圍，人工島管理公社不得不仰賴那月了。這下子那月就可以直接逮住古城，不必受任何人干涉。

怎麼會這樣——古城忍不住抬頭向天。他原本想找人幫忙偷渡，結果似乎卻惹來了不得了的棘手敵人。

「——照你們的樣子看來，談判好像決裂了呢。」

陷入絕望而落魄地走在路上的古城和雪菜忽然被人搭話了。

耳熟的那陣嗓音讓古城回神抬起頭。

混在行人之間站在行道樹旁的，是個穿著古風水手服的黑髮少女。

「妃崎霧葉……！」

立刻擺出架勢的雪菜憤怒地瞪向霧葉。

古城也無意識地提防霧葉。

霧葉會守在這裡，恐怕就表示她目睹了古城等人從那月的公寓連滾帶爬地逃出來。

「妳跟蹤我們對吧！話說都是因為妳跑去跟那月美眉爆料，事情才會變這麼複雜吧！」

「我想我只是替你們省了談判的工夫喔。」

太史局的六刃神官卻不以為然地這麼回答：

「畢竟你們會去拜託南宮那月是從最初就能預料到的事，我想她願意幫忙的可能性是一半一半。」

「可是我講沒幾句就差點被塞進監獄結界了！」

古城遷怒似的吼了霧葉，不過霧葉表情頗為認真地點頭說：

「是啊。多虧如此才能將事情釐清。」

「釐清什麼！」

「南宮那月和人工島管理公社從一開始就知道在神繩湖進行的計畫內容。恐怕他們在事前就跟獅子王機關談妥了。」

「妳說……什麼？」

霧葉斷言的內容出乎意料，讓古城有些混亂。

雪菜的神情變得緊繃。假如霧葉所言屬實，代表那月和人工島管理公社都已經知道的情資，唯獨她沒有被告知。

儘管她與身為當事人的凪沙還有古城距離最近。

這無法光用遭到擱置來說明。雪菜是被獅子王機關刻意封鎖情報的。

「上車吧。你們不想在這種地方被南宮那月追上吧？」

霧葉滿足地望著心生動搖的雪菜，然後用手指了停在站前圓環的車輛。是輛不起眼的深藍色箱型車。

坐在駕駛座的人穿灰色工作服，深深地戴著帽子，感覺是個平凡無奇的男子。他恐怕也是太史局的職員。

在霧葉催促下，古城等人直接搭上了箱型車後座。這並不代表太史局能信任，但他們判斷要逃離那月的追蹤，搭車移動會比較有效果。

霧葉也和古城他們面對面地入座，確認人上車以後箱型車就開動了。

「妳說過，人工島管理公社從一開始就知道神繩湖發生的事對不對？」

箱型車一駛離站前的圓環，雪菜就瞪著留古風黑髮的少女提問。

「嗯，對啊。」

將三腳架攜行盒捧在腿上的霧葉含笑回答。

既然如此——垂下視線的雪菜吸了口氣又問：

「意思是獅子王機關利用了南宮老師，還設計學長以免他離開島上？」

「還有其他說得通的解讀方式嗎？」

霧葉使壞似的微笑說：

「說不定她們掌握的情報比太史局更詳細。要不要再和南宮那月見一次面將事情問個詳細呢？」

「沒那種必要。我們直接到當地調查就行了。」

打斷兩人對話的古城斷言。

事到如今，古城他們用不著確認那月和獅子王機關的盤算。無論內情為何，她們都打算阻擾古城去本土。只要明白這一點就夠了。

「原來如此。不錯的想法。」

霧葉佩服似的挑眉。被那月背叛的古城理應大受刺激，她好像對古城會振作得這麼快感到意外。

「但是沒有南宮那月的協助，你打算怎麼去本土？」

「沒問題。出島的方法我還有想到一個。」

「靠『深洋之墓二號』——奧爾迪亞魯公迪米特列．瓦特拉的遊船對吧。」

霧葉彷彿看透了古城的思考，搶先講出答案。

古城不甘地撇嘴，並且帶著嘆息點頭。

停泊在絃神港的巨型遠洋遊船「深洋之墓二號」的擁有者（Owner），是歐洲「戰王領域」出身的吸血鬼迪米特列．瓦特拉。瓦特拉擁有特命全權大使的頭銜，那月或人工島管理公社應該都不能輕易對他出手。

從絃神島搭長距離渡輪到本土，所需時間約半天。

雖然速度實在不及飛機，在這種時候也不能奢求什麼了。

「那傢伙的船上有治外法權，人工島管理公社也不能出手吧？我會設法拜託他載我到本土。老實說，我本來不想用這招就是了。」

「用這種手段好像會欠下鉅額人情債呢。」

「我知道啦，現在又沒有其他辦法，不得已啊！」

古城苦惱得齜牙咧嘴地叫屈。

最根本的問題是瓦特拉會不會爽快答應古城的相求。雖然他嘴巴上鬼扯自己已經將愛奉獻給第四真祖，本質上卻純屬戰鬥狂，除了和強者廝殺以外，這個男的幾乎對任何事都沒有興趣。如果去拜託那種人，不知道他會開出什麼無理的要求當代價。

假如瓦特拉只會藉機找古城打一場，那倒還好，最糟的演變是讓他對聖殲的遺產冒出興趣。雖然古城並不太願意想像，不過那個男的擅自跟著到本土大鬧一番的可能性並非為零。

霧葉或許也明白那樣的危險性，情非得已似的搖頭說：

「倒也不是沒別的方法喔。」

「咦？」

霧葉當著訝異的古城及雪菜眼前遞來一只信封。信封裡面有附了古城和雪菜大頭照的文件及各種證明書。

「這是？」

「太史局準備了一架商務客機。起飛是從企業用的民營機場而非絃神中央機場，只需要辦理最低限度的出島手續。這是偽造的身分證和必要文件。」

「……妳這是什麼意思，妃崎霧葉？為什麼妳要為了我們做這些？」

在感謝前先起了疑心的古城又問霧葉。

這樣的條件確實不錯。太史局是不折不扣的政府機關。由他們準備的身分證實際上並不算偽造，價值等同正規文件。有這些就不用指望靠偷渡那些不安定的計畫。

況且要是有私人商務客機，行動的自由度會大幅提升。縱使是人工島管理公社，也不能擅自對民航機亂來才對。

然而要製作偽造的證明書，還有包下客機——光是如此就有可觀的勞力和金錢在運作才對。霧葉他們想來並無理由要單單為了將古城和雪菜送到本土而付出那種犧牲。

但霧葉用了愉悅似的目光對古城說：

「我們想破壞獅子王機關的好事，不知道這樣說你滿不滿意？」

「破壞他們的好事？」

「如你所知，太史局和獅子王機關的利害關係有所對立，或許是同類相斥吧。只不過，目前的太史局沒能力和獅子王機關直接打對台，因為先前在蔚藍樂土出的醜仍留有影響。」

「……那與幫我的忙有什麼關聯？」

霧葉回答的內容算不上答覆，讓古城困惑地蹙眉。霧葉則挖苦似的瞇著眼說：

「獅子王機關唯恐你到神繩湖。既然如此，我們沒道理不利用這個機會和他們作對吧？這樣做好比將垃圾丟到看不順眼的鄰居家啊。」

「妳把我當垃圾喔……！」

古城不耐地壓低嗓音。霧葉忍不住發噱。

「這對你來說應該並不是壞事喔，第四真祖。我們的利害關係一致。身為獅子王機關的一員應該會覺得心情複雜就是了。」

霧葉同情似的微微搖了頭，並把視線轉向雪菜。

「姬柊雪菜，要是妳想離開，在這裡下車也無妨。監視第四真祖的任務，之後就由我來接手。」

「沒那種必要。」

雪菜靜靜地應付話裡藏刀的六刃神官少女。

哎呀——霧葉對雪菜毫不猶豫的回應顯得訝異。

「無論獅子王機關有何盤算，交派給我的任務仍沒改變。監視第四真祖是我的職責。」

「這樣啊……不過，也應該問問第四真祖的意願不是嗎？」

「妳說……學長的意願？」

「這麼說不太好聽，但如果是以救出曉凪沙為優先要務，我認為有太史局支援的我，會比被獅子王機關拋棄的妳更幫得上忙喔。」

「唔……」

雪菜因為無法反駁而抿脣。

先不管「被拋棄」這種敘述的正確性，獅子王機關對雪菜隱瞞了眾多情資是事實。雪菜當然也無法準備客機，或者張羅偽造的文件。

「你也明白誰才適合當監視者吧，第四真祖？」

「呃，爭論誰合適誰不合適也沒用啦……」

話題的矛頭忽然轉來，讓古城困擾似的交互看著兩名少女。

霧葉則往上瞟著那樣的古城，媚惑地笑了出來。

「之前我忘了說，不過別看我這樣，其實胸部是有F罩杯喔。」

「——咦？真的嗎？」

古城不由得猛盯霧葉罩著水手服的胸口。她的體型修長苗條，感覺實在沒有像寫真女星那樣豐腴的肉感。

「學長……！」

這就是穿了衣服會顯瘦的類型嗎——古城大感訝異，雪菜則對他投以鄙視的目光。於是霧葉愉快地呵呵微笑說：

「騙你的。」

「居然騙我！」

古城感覺十分受傷地大叫。雪菜不知為何掩著自己的胸口，放心似的呼了口氣。霧葉則依然使壞地笑著說：

「要是讓你有了期待，那就抱歉嘍。我的上圍很寒酸。」

「不對啦，問題不在期不期待，總之我不需要監視。再說我不太信得過妳。還有姬柊不是因為擔任監視者才陪著我，她是擔心凪沙才來幫忙的。」

「是嗎……假如你那麼想，那就隨你高興嘍。」

霧葉尋開心似的望著雪菜對古城所言產生的表情變化。

「話說回來，既然妳準備了客機，一開始講清楚不就好了。那樣我們也不會遭到那月美眉出手攻擊。」

「那種情況下，兩位會相信我的話嗎？」

霧葉現出帶有惡意的笑容，並且反問古城。

「你是因為南宮那月變成敵人了，才打算向太史局求助。我可有說錯？」

「或許啦……不過，那也是……」

「對啊，你會那樣判斷是當然的。我可以理解。」

說得好似無關己事的霧葉聳了聳肩。

從她隸屬的太史局想利用活體兵器利維坦轟沉絃神島那次風波，還沒有經過一個月。以結果而言太史局的盤算是失敗了，但即使如此古城到現在仍不打算百分之百信任霧葉他們。這次也是因為那月變成了敵人，古城在走投無路下才只好接受霧葉協助。

霧葉應該也明白那一點。她無意對古城等人責備些什麼。

「對了，這張身分證……把我和姬柊寫成夫妻了耶……？」

收下信封的古城確認了裡面的內容，並且對霧葉質疑。

依照偽造的文件來看，古城是任職於電氣工程公司的十八歲員工；雪菜則是他的妻子，二十九歲。

儘管雪菜以年齡來講略顯成熟，要自稱已經三十歲左右感覺也太勉強了。從年齡設定看得出霧葉隱隱約約抱持的惡意。

「既然要偽裝身分，把你們當成年人總是比較方便吧？」

「哎，或許是那樣啦……不過有必要設定成夫妻嗎？」

「我安排不出其他合適的偽造身分證啊。那部分你們要想辦法蒙混過去。」

霧葉說得毫不慚愧，讓古城悶聲沉默下來。這大概也是她兜圈子整人的手段之一，就算這樣古城現在還是只能依靠她和太史局。

另一方面，雪菜卻意外沒有提出不滿，還望著那張被寫成古城配偶的身分證，一副並無不可的臉色。

「所以，你們準備的商務客機停在哪裡？」

古城望著奔馳著的箱型車車窗問。

「在人工島北區的產業機場。」

「那裡啊……」

霧葉的回答讓古城稍稍板起臉孔。

北區的產業機場是絃神島上五座民營機場之一。古城以前也有利用過，但是留下的回憶算不上正面。因為到最後，當時所搭的飛機害他被棄置在太平洋中央的無人島。

所以即使古城看見雪菜的表情忽然僵凝，也沒有特別訝異。

他以為雪菜想起了當時的恐懼。然而——

「停車！請你停車，快一點——！」

雪菜挺身對駕駛大叫，而霧葉也立刻察覺到不尋常的動靜。

兩名少女都望著車流量稀少的沿海直線道路——空無一物的道路上方。

「咦！」

駕駛困惑了。他照著吩咐踩下剎車，打算將箱型車停到路肩。身為駕駛者，會伸手按下雙黃燈開關也是理所當然的舉動。

就在隨後，同心圓狀的巨大羅網忽然浮現於路上。

酷似蜘蛛網的幾何形美麗網格。

構成巨大圓網的是從虛空中冒出的銀色細鏈。來不及減速的深藍色箱型車直接迎面自投羅網。

「唔、唔啊啊啊啊啊！」

擋風玻璃撞得支離破碎，駕駛埋在膨脹的氣囊中慘叫。

不過，霧葉在那之前就採取了動作。

她朝著古城等人背後的箱型車行李箱門發出威力驚人的掌勁。

後車殼被轟開，古城等人後面開了大洞。

「怎、怎麼回事！」

嚇得愣住的古城右臂有雪菜摟著，左臂則由霧葉摟緊。兩人從左右拖著古城直接跳出了行進中的車。

感覺實在不像處於對立關係的漂亮默契。六刃神官的別號是「黑劍巫」——即使隸屬的組織不同，雪菜和霧葉使用的體術仍如出一轍。

「唔喔喔喔喔喔喔喔！」

跳車的勁道讓古城整塊背直接摔在地上，與著地時無驚無險的雪菜她們正好成為對比。不過要是不這樣冒險，他們現在八成已經連著箱型車一起被銀鏈羅網拖走了。

「我應該說過了，我不會讓你走，曉古城。」

高壓的嗓音從戰慄的古城等人頭上傳來。

箱型車被吊上半空，悄悄降落於車頂的是打著陽傘且身穿豪華禮服的女性。讓人聯想到瓷偶的稚氣美麗臉孔正毫無表情地俯視古城他們。

「那月美眉……！」

痛得呻吟的古城愕然地叫了被闇色魔力籠罩的那月名字。

可是，那月不願做任何回應。

代替警告出現的，是鋪天蓋地像長槍一樣落下來的無數銀鏈。

第四章 空隙魔女

The Witch Of The Void

1

銀色煙火滿布於白晝的天空。

讓人聯想到尖叫的高亢轟鳴聲撼動了古城的耳膜。金屬相互劇烈撞擊，氛圍猶如戰場的剛猛響聲。

雪菜用「雪霞狼」擊落了那月從虛空放出的無數銀鎖。

「跳，第四真祖！」

「唔、唔喔！」

憑雪菜無法隻身擋下那月的所有攻擊——霧葉立刻做出判斷，從古城背後用力推了他一把。古城跨過路肩的混凝土堤防，滾到了底下的沙灘。

追在古城後頭的霧葉縱身躍起，並從三腳架攜行盒抽出自己的長槍。握柄的部分橫移伸長，開岔如音叉的兩柄槍刃呈螺旋狀延伸。霧葉用如此現形的濃灰色雙叉槍(Spear Fork)來迎戰新一批針對古城而來的銀鏈。

那月透過空間移轉魔法出現在古城他們面前。

追上來的雪菜也著陸於沙灘上。在鋪滿樹脂製白沙的人工海岸，古城三人與那月陷入了對峙。

「這樣啊……妳並沒有放走曉古城，而是在等他移動到人煙稀少的地方。我有說錯嗎，『空隙魔女』？」

手持雙叉槍的霧葉眼神不悅地看向那月。

特地準備箱型車逃亡的她原本以為甩掉了那月，結果卻被那月玩弄於掌心。對霧葉來說，這種演變應該嚴重傷到她的自尊心。

「答對了，小丫頭。要是那蠢蛋在大街上失控，收拾起來可就麻煩了。」

那月冷漠地回答，態度彷彿根本不把霧葉的存在放在心上。那更加觸怒了霧葉的神經。

唔——儘管霧葉握槍的手使了勁，也沒有魯莽得直接上前對那月發招。那月說的話顯而易見是在挑釁，霧葉當然心裡有數。

「妳說過，不能放我離開絃神島……」

相對的，古城低聲開口了。

握緊拳頭的古城全身微微散發著怒氣。被逼到這一步，他也得痛下決心才行。假如那月真的要礙事，古城大概只能和她一戰。

「就因為那樣嗎？那月美眉！妳為了那種理由就要和我打嗎！妳說啊！」

「別用美眉稱呼你的老師，蠢蛋。」

那月隨手用闔起的扇子前端指向古城。

瞬時間，古城的額頭上挨了沉沉的一擊。宛如被鐵鎚痛毆的劇痛，讓他暈得一條腿跪了下來。

站在古城兩旁的雪菜和霧葉都啞口無言地倒抽一口氣。連毫不鬆懈地備戰的她們都來不及反應那月的攻擊。

「唔……！」

「我並不是想找你們打一場玩玩。因為我和那個使蛇的傢伙不同，沒有欣然淌這種渾水的好興致。只要你肯乖乖進監獄結界，就不用受皮肉之痛喔。」

依然優雅地斜撐陽傘的那月說得冷酷。

古城咬牙切齒地抬起臉回答：

「那種要求……我哪有可能接受……！」

「假如你一個人會寂寞，要讓那邊的轉學生相伴倒也行……還是你覺得藍羽比較好？」

「我不是在跟妳扯那些！」

儘管身子搖搖晃晃，古城還是起身朝那月大吼。

「我要去救凪沙。之後要補課或是進監獄結界我都奉陪。拜託妳現在放過我！還是說，妳要替我將凪沙帶回來嗎！」

「將曉凪沙帶回來啊……」

微微嘆氣的那月對古城投以冷峻眼神。

「你真的認為那樣可行？」

「什麼！」

「哎，錯了。我不是那個意思。曉凪沙當然會平安回來，只要你別多事的話。」

那月對古城怒氣畢露的模樣微微搖頭。接著，她同情似的垂下目光說：

「會回不來的人是你，曉古城。」

「……什麼意思？」

「萬一沉在神繩湖底下的東西正如獅子王機關所期待，你和那玩意接觸就不可能全身而退了。」

那月毫不遲疑地相告，讓古城產生些許動搖。因為他從那月的話裡感覺到了無法單純用威脅來解讀的認真。

「為什麼妳能那樣斷言？」

「因為聖殲的遺產就是那種玩意。你應該也已經體驗過了才對。」

那月看似悲傷地露出微笑。

妳在說什麼——困惑的古城腦裡毫無預警地湧出了排山倒海似的片段影像。讓熾熱陽光烤熱的荒涼岩地；冰棺；浮在棺中的虹髮少女；還有血味——

「唔……喔……！」

「學長！」

頭痛欲裂的古城發出呻吟，雪菜連忙上前將他扶穩。

霧葉的眼裡浮現困惑。她並不知道古城的記憶曾被「吞噬」，更不知道那段喪失的記憶(Flashback)正在折磨古城。

「看來話只能談到這裡了。」

俯望著古城痛苦的那月冷酷地嘀咕。

無論如何，古城現在的力量已經不足以反抗她。光要在席捲而來的記憶洪流中保持清醒，古城就分不出心力了。

「剩下的到監獄結界再告訴你吧。假如你真的想要知道那些的話。」

那月悄悄地舉起左手。她頭上的空間如漣漪般波盪，銀鏈從中射出。

「別……開玩笑了……可惡……！」

被鎖鏈綑住右臂的古城狠狠地瞪向那月。他使出吸血鬼的全副膂力，勉強掙脫了想將他拖進波盪空間的鎖鏈。

「假設第四真祖的存在和所謂的聖殲有關，獅子王機關為什麼要把凪沙拖下水！那傢伙與此無關吧！」

「無關是嗎……你真的那麼想？」

那月笑得像是在嘲弄古城的反駁，並且若有深意地這麼說。

古城不明白她話中的含意。

凪沙既非吸血鬼，又失去了原有的靈能力。第四真祖還有聖殲當然都與她無關，兩者之間應該毫無關係的。

「……唔！」

然而，那月的質疑讓雪菜明顯地動搖了。雪菜臉上浮現出掩飾不盡的恐懼神色。

「看來妳心裡有數呢，轉學生。」

沒看漏雪菜驚慌模樣的那月靜靜地問了一聲。雪菜緊握銀槍，默默地點頭。

「難道說……是奧蘿菈嗎？」

古城從雪菜畏懼的反應看出了她想隱瞞的真相。

古城從第十二號「焰光夜伯」——奧蘿菈．弗洛雷斯緹納身上繼承了第四真祖的力量，而且奧蘿菈已經不在。為了救凪沙脫離「原初」的邪惡靈魂，奧蘿菈才會犧牲自己而喪命。

可是，假如她（奧蘿菈）的靈魂存留到現在的話呢——？

如果有具備強大靈媒能力的某個人挽留了她的靈魂，那樣的假設未必不能成真。是的，那並非不可能的事。只要挽留者具備以往曉凪沙那樣的特異靈媒能力——

「奧蘿菈還留在凪沙體內嗎！那些傢伙是為了調查聖殲的遺產才打算利用奧蘿菈嗎！」

古城還沒有從混亂中恢復就氣得大吼。

古城並不是從以前就隱約察覺到那一點。然而，能讓他心服的理由夠多了。原本身為強大靈媒的凪沙為何會喪失靈能力，還有她的身體原因不明地逐漸衰弱，假如那些都是為了留住奧蘿菈靈魂所付的代價，古城懷有的幾個疑問就有了解答。

凪沙恐怕並不是有意識地在運用她的能力。

可是，只要結果能替奧蘿菈的靈魂帶來安寧，古城就無法怪罪凪沙。他反而會以自己的妹妹為豪。

假如有人想擅自利用凪沙和奧蘿菈的靈魂，古城絕不會放過他們。就算那是獅子王機關策劃的也一樣。

「我只能向你保證一點。獅子王機關無意讓曉凪沙遭受危險。情況正好相反。那些人為了達成本身目的，也會拚死命保護你的妹妹才對。」

正面承受古城怒氣的那月淡然以告。

古城回望她那不帶感情的臉，緩緩地嘆了氣。沒有任何依據能保證那月說的是真相。可

是，寡言的她卻不可思議地讓人信得過。

「這樣嗎……聽妳那樣說我就放心了。」

古城脫掉身上的連帽衣，然後無意識地微微笑了出來。

「妳就是知道凪沙不會遭遇危險，才幫忙獅子王機關的吧。」

「當然了。畢竟妳的妹妹同樣是我的學生。」

那月毫不遲疑地回答。古城聽了她那不出所料的答覆，看似滿足地點頭說：

「還有，這也表示姬柊並沒有被獅子王機關背叛……對吧？」

「啊……！」

雪菜睜大眼睛看向古城。霧葉則掃興似的哼聲。

對於效忠獅子王機關又重視凪沙這個朋友的雪菜來說，那月的話成了救贖。獅子王機關並不打算犧牲凪沙。只要明白這一點，雪菜就能信任獅子王機關。令她苦惱的因素減半了。

「多虧如此我才能繼續尊敬妳，那月美眉。就算接下來得打倒妳，我也要去本土──不對，我不去不行！」

從古城全身噴湧出來的，是宛如熔岩的濃密魔力洪流。

正因為古城信任那月，才能毫無罪惡感地跟她交手。說起來雖然矛盾，不過那就是古城的本心。

「假如為了得到聖殲的遺產，會需要第四真祖的力量，該履行職責的不是奧蘿菈，而是我。無論搬出什麼理由，我都會打扁想擅自利用凪沙或奧蘿菈的傢伙！接下來，是屬於我的戰爭！」

「哼……」

灌注魔力出拳的古城被那月揮扇擋下。

那月新放出的銀鏈從四面八方射向古城。古城釋放出爆炸性魔力，將銀鏈接連擊落。但是那月的攻擊仍不停歇。火花四射，讓人避無可避地從古城死角來襲的攻擊，被掃過的銀槍劈落了。

「不，學長，是『我們的』戰爭才對——！」

雪菜帶著從苦惱中解脫的美麗笑容在古城身邊落腳。

「——姬柊！」

「我終於明白了。為什麼獅子王機關會讓我留在學長身邊。」

雪菜凝視那月的眼神已經恢復了她原有的堅毅。

「因為無論學長去那裡，都需要有從頭到尾陪著一起行動的監視者來阻止學長失控，就算結果會對獅子王機關本身構成障礙也一樣。所以我什麼都沒有得知。這是為了不讓學長把我視為敵人——」

「真是自作聰明的解讀方式，不過確實有其可能性。畢竟第四真祖與不知道是否確有其物的聖殲遺產不一樣，是目前存在於現實中的危險人物，總不能擱置不管。」

那月的唇浮現一絲苦笑。

縱使那並非獅子王機關的全體意志，雪菜還是被留下來監視古城了。雪菜並沒有被切割。剛好相反。所有情報都遭到隔絕的她，被獅子王機關當成了可以獨力管控世界最強吸血鬼的王牌。

「明白了那一點又如何？妳要與我為敵嗎，獅子王機關的劍巫？」

那月嬌小的身軀無視於重力輕輕浮起。

她周圍的空間像火焰一樣不規則地搖曳著。不遜於古城認真時的龐大魔力正環繞著那月的身體。

「拜託妳讓開，那月美眉！就算是妳，假如我與姬柊認真出手的話——」

「學生們，這話可真有意思。」

那月的左臂「唰」地一揮。

下一刻——無聲無息地彈飛到後頭的，是雪菜本該舉槍應戰的身軀。捲起劇烈沙塵的她飛了四五公尺遠才摔在沙灘上。

「姬柊！」

古城難以置信地看著雪菜連身體都無法保護就倒下。

他從來沒看過雪菜輸得如此一面倒的光景。洞穿未來的靈視能力，以及「雪霞狼」的魔力無效化能力，都無法防範那月的攻擊。隨後——

「唔啊！」

當那月將視線轉來的瞬間，古城的眼前一陣搖晃。雖然沒有受到痛楚或衝擊，他卻像爛醉似的失去了平衡感。

古城直覺認為，自己的腦部被空間操控魔法直接搖晃了。正因為沒有受到直接的傷害，吸血鬼的痊癒能力也起不了作用。

無力抵抗的古城拚命保住逐漸遠去的意識。

「你們以為兩人合力就能贏我？別太小看年長者喔。」

在萬花筒般四分五裂的視野中，那月正鄙夷地低頭看著古城。

接著她轉動陽傘，無數鎖鏈旋即飛向動彈不得的古城。

2

「那邊的女生，停下來！站住！」

一群身穿全黑防護裝的男子正跑在機場的連通道上。

從背後聽見那陣腳步聲的淺蔥一路衝下樓梯。那群男子是特區警備隊的機場警備部隊，而且是裝備了專門對付魔族的槍械的攻魔小組。

淺蔥當然沒有理由成為那些人的目標，但現實是他們正糾纏不休地追蹤淺蔥。

「不聽從警告的情況下，我們將依據魔族特區條例動用武力！」

「咦！」

玻璃在忍不住回頭的淺蔥頭上被轟得粉碎。以單純的威嚇來說瞄準得異樣精確。

「欸……怎麼回事啊，摩怪！那些傢伙真的開槍了！」

淺蔥一邊拚命閃躲灑落的玻璃碎片，一邊臭罵和她搭檔的人工智慧。摩怪顯然在尋開心似的格格笑著說：

『那是用來抓魔族的聚合黏膠彈。簡單說就是大團的附著劑。』

「抓魔族用的？可是玻璃一轟就碎了耶！」

『哎，被一大團附著劑砸到應該也會痛啦。』

「什麼話嘛！為什麼我要被那種東西瞄準！」

『簡單說呢，這表示有人不想讓小姐妳離開紘神島吧。』

摩怪冷靜地回答激動得大叫的淺蔥。

淺蔥是在搭上前往本土的飛機前一刻，才落得被特區警備隊追捕的下場。在那之前，她都沒有被任何人盯上。因為掌握著絃神島上所有監視器的摩怪，不可能沒有發覺有人在跟蹤淺蔥。

「果然跟凪沙那件事有關係嗎！」

淺蔥喘著氣跑過停機場旁邊的裝卸貨口。

那裡應該是禁止出入的區域，幸好在場並沒有會責備淺蔥的機場員工的身影。特區警備隊那些人似乎在事前就趕走他們了。

『下一個轉角左轉，小姐。』

預測出警備員們會怎麼行動的摩怪發了指示。淺蔥已經連自己現在的位置都分不清楚，只能乖乖地聽從指示。不過——

「——喂，這邊不是死路嗎！」

忽然被趕進死巷的淺蔥驚呼。

擋住淺蔥去路的，是高得令人絕望的鐵柵。柵欄頂端繞了好幾層刺絲網，感覺怎麼做都不可能跨過去。

當淺蔥連忙想調頭時，特區警備隊已經對她包圍完畢了。黝亮的槍口同時對準過來，讓淺蔥嚇得停住不動。

『不，就是走這邊沒錯。考慮到會有這樣的狀況，我事先找了個護衛。』

訝異的淺蔥耳邊傳來了摩怪志得意滿的聲音。

「護衛……？」

當淺蔥對那個字眼感到困惑的時候，有低沉的爆裂聲從她背後炸開。

讓人聯想到飛彈直擊的衝擊力，震得淺蔥當場癱在地上。

混凝土牆基四分五裂，鐵柵被強行扯開。跨過路障殘骸出現的，是一具深紅亮眼的華麗陸戰兵器。用於市區戰的反魔族超小型有腳戰車（Micro Robot Tank）。戰車讓瞄準用的攝影機迴轉過來，像生物一樣地看向淺蔥。

特區警備隊的武裝警衛立刻準備應戰，但是用來對付單兵的衝鋒槍當然對戰車的裝甲不管用。

裝設於有腳戰車前腿的反步兵機槍反過來掃射那些警備員。雖說是低致命性的橡膠彈，七點六二公厘機槍的威力絕大。連著防彈裝備一起被轟飛的警備員全痛得死去活來。

『看來趕上了是也，女帝大人。』

「妳是……『戰車手』！」

從戰車外部喇叭傳出的聲音，讓淺蔥聽得目瞪口呆。咬字不清的嗓音，還有具年代感的陽剛用詞——有這些特點的人，淺蔥只認識一個。

『正是。在下麗迪安．蒂諦葉受了摩怪大人請託才特來相助是也。』

淺蔥的打工伙伴兼稀世天才駭客少女——麗迪安．蒂諦葉口氣誇張地回答。

「還說什麼是也……這下子妳打算怎麼辦啊！手段跟恐怖分子沒兩樣嘛！」

淺蔥朝著被擺平的武裝警備員們看了一圈，然後膽顫心驚地責問。

摩怪找來的護衛，似乎就是這個開戰車的少女。畢竟麗迪安到頭來跟淺蔥還是很要好，只要拜託一聲就會開開心心地過來才對。結果，就造成了這片慘狀。連戰車主炮打穿的鐵柵算在內，怎麼想都超過了護衛該做的範疇。

但是麗迪安卻開朗地一笑置之。

『沒問題是也。只要平安撐過當下，之後想怎麼掩蓋都行是也。這乃是因為事情一旦見光，對方同樣會大感頭痛。』

「哎，或許話是那麼說沒錯啦……」

『不提那些了，女帝大人。我們到南側四〇四停機點是也。』

「咦？」

戰車用車體內藏的作業用改造手掌，靈活地指了位於滑行道旁邊的停機場。停在那裡的是蒂諦葉重工打造的「魚鷹」——多用途傾轉旋翼運輸機。

『容在下僭越，替女帝大人準備的運輸機已經在那裡等候了。搭上去就能直接一飛沖天到本土是也。這叫走為上策是也。』

「也對啦，照這樣應該是搭不上飛機了……」

淺蔥垂頭喪氣地承認。現在就算回到機場的航站大廈，八成也無法若無其事地搭上原本預約的旅遊客機。

話雖如此，留在絃神島也一樣危險。就算要照麗迪安說的進行掩蓋工作，也必須等風頭過去才行。

『正是。來吧，快點跨到在下的上頭是也。』

「叫我跨上去……是要跨到哪裡？」

有腳戰車聊勝於無地降低了車體高度，淺蔥則不安地退後。為了提升避彈性而大量採用弧面的戰車外殼上，根本沒有人類能坐的地方。

可是麗迪安卻操縱改造手掌，二話不說地將裹足不前的淺蔥扛到戰車上面。

「啊，妳喔……！等一下……會穿幫，會穿幫啦！」

有腳戰車理都不理用手護著裙子的淺蔥，朝著停機場拔腿就跑。

然而前進不到十公尺，有腳戰車就「匡隆」地停住了。支撐車體的四肢關節失去張力，裝甲衝撞到地面冒出了火花。

『唔！怎會……！』

「這次又怎麼了！」

麗迪安口中冒出了對戰車不聽控制而不耐的嘀咕。

猛一回神，有腳戰車腳邊的地面浮現了輝亮發光的圖案。從中召喚出來的半實體使役魔都抓著戰車的關節不放。

『是邪精（Gremlin）。特區警備隊的攻魔官搞的花樣。』

摩怪冷靜地分析。

邪精是專門用來讓機械或電子儀器失靈的特殊軍用精靈。雖然在攻魔師之間的戰鬥幾乎派不上用場，不過要對付有腳戰車這樣的最新兵器，其效果卻是絕佳。

「為什麼攻魔官要來對付我這種善良清純的打工族高中女生啊！」

『善不善良清不清純暫且不提，用魔法對付戰車或許是對的。』

摩怪悠哉地回答得彷彿不關己事。實際上在電子儀器失靈後，麗迪安的戰車就無法行動了。就算是武裝再強大的有腳戰車，車體移動不了就和單純的擺飾品毫無差別。

「不能想點辦法嗎，摩怪！」

『沒辦法啦。受到邪精的影響，這一帶的電子儀器一律故障了。老實講光要維持這段通訊就已經……很吃力……了……』

「摩……摩怪！」

人工智慧挖苦似的說話聲變得微弱而斷斷續續。邪精的影響也遍及淺蔥的手機了。

只要和電子網路斷了通訊，淺蔥就只是個無力的高中女生。

趁這時候趕來的特區警備隊增援部隊，再次用槍口指向動彈不得的淺蔥。

「糟糕……！」

窮途末路的困境，讓淺蔥忍不住閉上眼睛。就在隨後，麗迪安的戰車忽然重新啟動了。戰車裝甲「隆」地迴轉，擋下武裝警備員發出的槍彈，而戰車發射的機槍子彈反將鬆懈的他們無情地擊倒了。

「——『戰車手』！」

『讓妳擔心了是也。羞愧。』

麗迪安害臊似的說話聲又從喇叭傳來了。和摩怪的通訊也在不知不覺中恢復。邪精的動靜已經消失。

「妳是怎麼破除魔法的？」

『非在下所為是也。是那位仁兄——』

麗迪安說著調動戰車的瞄準攝影機。淺蔥也跟著轉頭。

滑行道草坪上站著一名身穿黑色中國服飾的男子，是個戴眼鏡且長相秀氣的青年。他的右手握著一把兩端都有槍頭的奇妙長槍。

男子的腳下則有特區警備隊的隊員仰臥倒地。是之前操控邪精的攻魔官。

「你……是之前出現在ＭＡＲ醫院的逃犯！」

淺蔥板起臉孔驚呼。

模樣令人聯想到古代仙人的黑衣男子。淺蔥之前也和他見過一面。

這名青年之前會突然現身，似乎是為了確認淺蔥的能力，之後更憑戰鬥能力勝過雪菜才離去。

「是的。久未聞問實非我所願，還請海涵，該隱的巫女。」

黑衣青年將手湊在胸口，向淺蔥肅然行禮。

「你對那個人……做了什麼！」

「請不用擔心。他只是因為魔法被破除的反作用力而喪失意識。像這種程度的施術者，沒有資格用血玷汙妳的視野。」

「所以是你救了我們嘍……？」

淺蔥露出警戒的神情，並且看向青年手中的長槍。被他稱為零式突擊降魔雙槍(Fangzahn)的那把黑色長槍，據說可以消滅周圍的靈力和魔力。

黑衣青年就是用那把槍的力量打倒了特區警備隊的攻魔官。

「我只是做了該做的事。因為妳的心願，就等於吾王的心願。」

青年一邊用憐愛的目光看向淺蔥，一邊平靜地回答。

感到渾身發冷的淺蔥杵著說：

「什麼跟什麼啊……你的口氣實在讓人有點不敢領教耶……！」

「那一位正在等妳。一切皆奉吾王的旨意——」

黑衣青年恭恭敬敬地低頭後退了。他想將路讓給淺蔥她們。

『沒時間嘍，小姐。特區警備隊的增援會在五分鐘以內抵達。』

『女帝大人！』

「我明白。走吧，『戰車手』。」

被摩怪和麗迪安催促的淺蔥嘆氣做了指示。

麗迪安準備的傾轉旋翼運輸機已經完成起飛的準備了。等淺蔥她們一到，應該就能立刻飛向本土。

黑衣青年目送著淺蔥等人的身影，看似滿足地笑了。

「後會有期。在下次見面以前，祝妳有段愉快的旅程。」

3

腦部遭到搖盪的傷害，讓身體不聽使喚。用打拳擊的情況來形容就是雙腿痠軟。古城明明看得見銀鏈飛來，卻一步也動不了。

「可……惡……迅即到來，甲殼之（Natra）——！」

古城立刻召喚眷獸。第四真祖的第四號眷獸——甲殼之銀霧（Natra Cinereus）象徵吸血鬼的霧化能力。只不過能力的有效範圍並不僅限古城的身體。它最少能將半徑數十公尺的物體剝奪結合力，並且轉化成銀色霧氣。而且不保證之後能恢復得完好如初，是一匹極為擾民的眷獸。

即使如此，要防阻那月的銀鎖只能借助它的破壞性力量，可是——

「太慢。」

古城的眷獸還沒化為實體，那月的銀色鎖鏈就已經抓住古城了。被命名為「規戒之鎖」的天部遺產封住了古城的魔力，阻礙他召喚眷獸。

「住手……那月美眉……！」

「我不是『美眉』。」

那月不悅地揮下左手的扇子。古城遭銀鏈綑住的身軀被一股鉅力拖進浮在半空的空間移轉閘口。這次通往的地點大概就是監獄結界了。

現在的古城無力掙脫那月的鎖鏈。而且雪菜目前仍倒在沙灘。

從虛空伸出的銀鏈將拉力增強，古城的身軀將被吞入波盪的空間——當理解狀況的古城打算奮不顧身地反抗銀鏈的瞬間。

「唔哇！」

鏗——尖銳聲音響起，那月的銀鏈悉數遭到斬斷。

忽然從鎖鏈獲得解放的古城一頭栽到沙灘。輕靈著地在古城身旁的，則是穿著古風水手服的黑髮少女。

「兩人合力贏不過，換成三個人如何？」

霧葉將雙叉槍指向那月，槍鋒餘音颯然。

古城訝異地看著那樣的霧葉。

假如信任霧葉本人所言，她的目的是破壞獅子王機關的好事。連霧葉都冒著危險和那月交手未免於理不合。

當然，那月似乎也抱著相同的疑問。她不悅地皺眉瞪向霧葉問：

「妃崎霧葉……太史局的六刃神官打算玩什麼把戲？」

那月還沒聽對方回答就施展攻擊了。

跟震飛雪菜時一樣目不可視的爆壓朝霧葉侵襲而來。那月是藉著令空間振動，製造出爆發性的衝擊波。雖說是魔法的產物，衝擊波本身卻屬於單純的物理現象。憑「雪霞狼」的魔力無效化能力並無法防禦。當然，只靠一挺長槍絕無可能擋下衝擊波。

然而，霧葉默默持雙叉槍凌空掃過。隨後撲來的不可視衝擊波就在吞沒霧葉的前一刻，隨著巨響霧散瓦解了。

是肉眼看不見的物理性障壁保護了霧葉，使她不受衝擊波攻擊。

「真遺憾，『空隙魔女』——我本來倒想和妳構築友好的關係呢。」

霧葉撥開揚起的沙塵冷冷地說。

「擬造空間斷層嗎？那應該是獅子王機關的馬尾女孩用的招式吧？」

「考慮到不時之需，事先從那個討厭的舞威媛手裡將術式複製下來似乎對了呢。」

「這樣啊……太史局的乙型咒裝雙叉槍……滿方便的玩意。」

那月看似興趣不大地誇了一句。

霧葉的雙叉槍有模仿(Emulation)他人咒術的能力。因為對於專門對付魔獸的六刃神官來說，因時因地來運用多種能力，會比具備單一強大的能力壓倒性有利。

霧葉運用槍的能力重現了紗矢華的「煌華麟」術式。以咒術重現空間遭到切斷後的結果——模擬出空間斷層的術式。

她們出招時造成的空間龜裂可以阻絕一切物理性攻擊。將那月的衝擊波擋下來的，正是那種看不見的空間斷層。

「不過，既然是複製品，應該也原模原樣地保留了缺點吧。」

判斷靠衝擊波無法打倒霧葉的那月反應迅速。

宛如變戲法似的，那月舉起陽傘，從傘中灑下許多迷你的走獸。那是一群外表酷似玩偶熊，比例為二頭身的可愛走獸。

速度敏捷得從外表看不出的走獸們包圍了古城和霧葉。

「這些傢伙是什麼玩意……！」

被可愛走獸團團圍住的古城難掩困惑。他忍不住懷疑那月是想利用牠們可愛的外表來削減我方的戰意。

然而，霧葉卻恨恨地瞪著那些走獸說：

「是魔女的使役魔(Familiar)。隨便亂碰的話，會讓你缺手缺腳喔。」

「……喂，真的假的！」

「從全方位同時發動攻擊……靠擬造空間斷層防不了呢。」

「難道說……那就是她的目的！」

霧葉冷靜嘀咕的內容，讓古城整張臉僵住了。

「煌華麟」看似無敵的障壁也有幾項致命的弱點。比如創造出的空間龜裂永遠僅限單一方向，而且效果只能維持短瞬。那月的使役魔要是同時襲擊過來，憑霧葉一人無法招架。

「第四真祖！」

「我明白！迅即到來，龍蛇之水銀（Al Meissa Mercury）——！」

大群走獸從四面八方朝古城等人撲來了。古城在認清局勢前，就先召喚了眷獸。散發出龐大魔力具現成形的雙頭龍，乃是身軀為水銀色鱗片所覆的「次元吞噬者（Dimension Eater）」。雙頭龍張開巨顎，將那越的使役魔連同周圍空間一起吞下。

「——撼響吧！」

霧葉則趁著摧毀的力量橫掃過境時發動奇襲。她從水手服胸口掏出的金屬製咒符，幻化成了兩頭黑豹。

同時，霧葉自己也持槍一躍。

由於古城命令眷獸張口鯨吞的關係，周圍空間陷入混亂。縱使是那月，也無法在這種狀況下使用空間移轉。霧葉大概是認為趁現在就能收拾那月。

結果，那月面對攻勢連閃都不閃。

她選擇迎擊，而非迴避。

那月令另一道鎖鏈呼嘯射出。

不過那道鎖鏈粗得和「規戒之鎖」完全不能比。那是直徑達十幾公分的鋼鐵錨鏈。構成鏈身的每一節鎖環都無異於凶器。炮彈般射出的「咒縛之鎖（Drómi）」成了巨棍，從旁掃向霧葉召喚的式神。

黑豹外形的式神無從抵禦地碎散了。

「糟糕——！」

霧葉用雙叉槍當護盾勉強避開鎖鏈的直擊，但是對鎖鏈質量造成的衝擊卻無可奈何。

「妃崎！」

古城想趕到彈飛的霧葉身邊，那月的「咒縛之鎖」卻已經來襲。儘管驚險閃過鎖鏈的古城陣腳大亂，仍因為本能性的恐懼而無意識地舉起雙臂。

不可視的衝擊波隨即撲向古城的臉孔。「咒縛之鎖」的攻擊只是幌子，那月真正的攻擊是隨後從死角發動的一擊。

「哼……多少學聰明點了嗎？」

那月一邊將鎖鏈捲回未知的空間，一邊感慨地說。

「……反對體罰啦……混帳！」

古城則是上氣不接下氣地瞪著那月。

剛才能擋下她的衝擊波幾乎純屬巧合。假如古城沒有保護下巴，這次鐵定會被轟得腦震盪而全盤皆輸。即使繼續這樣固守，也全然想像不出要如何打倒那月。即使挺而走險還是要發動攻擊才有活路的樣子。

「對了……妳在這裡的身體，是用魔力製造出來的分身吧。」

古城邊調整紊亂的呼吸邊問。

那月並非尋常的魔法師，而是魔女。

魔女雖然自由操控龐大的魔力，但她們的能力都是和惡魔簽下契約才被賦予的。而且契約附有代價，縱如那月也不例外。

那月支付的代價是「沉眠」。

身為監獄結界管理者的她，必須永生永世沉眠於自己的夢中。

既不會長大也不會變老，更無法接觸其他人，只能不停地作夢——

站在古城面前的那月，是她用魔力創造的傀儡人偶。

換句話說，那不過是她夢境的一部分。

「是又如何？」

那月平靜地反問。她的意思是：事到如今還多提什麼？

在這裡的那月確實是分身。正因如此她等於是無敵的。就算摧毀再多的分身，也無法傷害到那月的本尊分毫。

為了要攻擊那月的本尊，連同樣身為魔女的仙都木阿夜都必須引發席捲絃神島全土的大規模異變，再強行打開監獄結界。

古城當然辦不到那種技倆。

他也不必特地花那種工夫。

簡單說，只要摧毀那月的分身，讓她暫時失去行為能力就行了。古城等人要做的就是趁著那個空檔趕往機場，盡快離開島上。

「姑且確認一下而已。意思是我不用留手對吧？」

「說得簡直像不放水就能贏我呢？」

那月用傻眼似的口氣反問。雖然古城差點被她散發的威迫感嚇倒——

「很抱歉，我身上也肩負了不少東西啦！」

為了甩開恐懼，古城召喚出新的眷獸。

威嚴猛獸全長超過十公尺。那是一頭綻發著電光的雷獅。那月操縱的鎖鏈恰好成了古城的優勢。那月的鎖鏈會導電。就算她發動攻擊，雷獅也會順著鎖鏈對她造成傷害。

但是那月的臉色沒有改變。

她望著古城的眷獸，並且傲然地對自己的影子發下命令。

「──起來，『輪環王（Rheingold）』。」

瞬時間，出現在那月背後的是巨大得足以俯瞰古城眷獸的身影。

兼具優雅及驍猛且披戴著金色甲冑的人型身影。一名由機械組成的黃金騎士。

凶惡的存在感令人工大地隨之撼動。

宛如禁錮著黑暗的厚實鎧甲內部，傳出了巨大齒輪和驅動裝置的運作聲，聽起來恰似怪物的咆吼。

「這傢伙是什麼玩意……！」

仰望著巨大騎士的古城無意識地往後退。

他並不是被魔力量嚇倒了。黃金騎士像確實散發著驚人魔力，但古城的眷獸也一樣。只是力量的性質不同。

黃金騎士像身上瀰漫的氣息，顯然並不屬於這個世界。那是侵蝕光明的黑暗魔力。

「難道這就是……那月美眉的『守護者』嗎！」

古城終於想到黃金騎士像的真面目了。

所謂「守護者」，是和惡魔立下契約時，當成代價託付給魔女的惡魔眷屬。

如字面所示，「守護者」會保護魔女，給予她們實現願望的力量。

另一方面，當魔女毀棄契約時，它就會變成收割魔女生命的處刑者──

所謂「守護者」，就是魔女立下的契約在具現成形後的化身。

換言之，「守護者」力量強度會與契約沉重度呈正比。考慮到那月立下契約的「代價」，就能料到她的「守護者」會有多強大。

但即使如此，黃金騎士像的凶惡程度仍屬異常。遠遠超出了古城的想像。

就算這樣，古城該做的事依舊不變。

他得在這裡打倒那月，否則就無法去救凪沙。

「『獅子之黃金（Regulus Aurum）』——！」

化成巨大閃電的雷獅從正面衝撞黃金騎士像。

驚人的爆炸湧上，超音速衝擊波將海面一分為二。第四真祖的第五號眷獸「獅子之黃金」在過去曾將人工島的一個區塊瞬間化為焦土，其力量依然健在。

受雷獅的力量牽引，天空開始有烏雲聚集。

衝突的餘波使得整座絃神島產生震盪。釋出的電磁波讓電子儀器失靈，這座海岸的四周應該災情慘重。

但就算那樣，那月的「守護者」也沒有倒下。結果，被耀眼光芒籠罩而痛苦得發出咆吼的是雷獅。

黃金騎士像釋出的深紅荊棘纏住了雷獅，封鎖住它的行動。

「居然用蠻力……制住了第四真祖的眷獸……！」

觀望戰局的霧葉一臉愕然地嘀咕。

精確來說，黃金騎士像並不是靠力量拚過了雷獅。它是用深紅荊棘設下牢籠，封鎖住眷獸的行動。但即使如此，黃金騎士像無疑撐過了第四真祖眷獸的攻擊。

「唔……喔喔喔喔喔喔喔！」

「沒用的，曉……這片『禁忌之棘(Gleipnir)』不會被扯斷。」

那月對拚命想操控雷獅的古城露出傲然微笑。

而且她這次射出的銀鏈徹底綑住了古城。

「第四真祖！」

還倒在沙灘的霧葉沒有餘力援救古城。

古城的身體被吞入扭曲的空間，像沉如水底似的消失在虛空。

「學長！」

終於恢復意識的雪菜發出了淒厲尖叫。

4

狂風颼颼捲起。

沿岸的路燈及護欄被吹倒，沙灘也被鑿空一大塊。

這是因為第四真祖的眷獸與那月的「守護者」——皆有可能轟沉絃神島的兩股巨大魔力相互衝突了。只造成這種程度的災情，反而該說是幸運才對。

「那就是『空隙魔女』的守護者……據說曾將歐洲魔族打入恐懼深淵的『輪環王』。光是召喚它現身就會扭曲現世時空的傳聞，或許是真的呢。」

霧葉一邊煩躁地甩著沾滿沙子的黑髮，一邊緩緩起身。

接著她憂鬱似的嘆了氣，並且將雙叉槍恢復成收納形態。

「要罷手了嗎，六刃神官？」

那月望著放棄應戰的霧葉，像是未盡全興地問了一聲。

第四真祖的眷獸仍然還維持著實體。不過或許是因為失去了身為宿主的古城，雷獅似乎無力轟破荊棘牢籠。它被身為那月「守護者」的黃金騎士像制伏住，只能不停地嘶吼。

確認過這一點的霧葉沒勁地搖頭說：

「既然第四真祖已經被關入監獄結界，再繼續鬥也沒有用吧？」

「明智的判斷。」

那月說著瞇細了眼睛。才剛經過那樣激烈的戰鬥，她卻連呼吸都沒亂。那顯露了那月深不見底的從容。

就算霧葉繼續單打獨鬥，八成也沒有幫助。力量差距太大了。畢竟對手是連世界最強吸血鬼都能勝過的怪物。然而——

「不過，那個女生似乎並不那麼認為就是了。」

朝背後瞥了一眼的霧葉愉快地嘀咕。

理應已經被那月擊倒的雪菜倚著銀槍站起來了。

或許是一開始受到的傷害還留著，雪菜雙腿仍在發抖。即使如此，她的眼裡並沒有失去對抗那月的鬥志。

「意思是，還有一個教不會的學生嗎……」

那月微微嘆氣。接著她轉向雪菜那邊問：

「如妳所見，轉學生。妳的監視對象已經被逮了。就算這樣還要打嗎？」

「我應該最初就說過了。這也是屬於我的戰爭。」

雪菜靜靜地舉槍備戰。

雪菜的槍可讓魔力失效，更能斬除萬般結界，對身為魔女的那月來說形同天敵。只比單純的戰鬥能力是那月壓倒性占上風，但只要「雪霞狼」的槍鋒能觸及那月分毫，戰局就會立刻逆轉。

當然，那月應該也明白那一點。她冷冷地回望身子搖搖晃晃的雪菜，然後緩緩舉起左手。握在手裡的扇子轉了一圈。

「是嗎？那麼接下來我就不放水了。」

那月從虛空射出的鎖鏈將空氣厲聲劃穿。

但雪菜只靠著些微動作，就將那些鎖鏈全數擊落。彷彿對無數鎖鏈飛來的軌道全部瞭如指掌的反應速度。

「獅子王機關的劍巫所用的靈視能力……能預測未來是嗎？原來如此，訓練有素呢。」

那月稀奇地對雪菜表示讚賞。

雪菜則朝著那月拔腿疾奔。白沙捲揚，雙方一舉拉近到長槍的間距內。那月蹬地縱向半空，雪菜也跟著躍起。

於是那月露出微笑，並且將眼前的大氣扭曲。

透過操控空間發射的衝擊波。

「不過，妳太依賴靈視了。所以才會上這種單純的當。」

「唔……！」

那月教誨般的話語，讓雪菜變得神情緊繃。目不可視的衝擊波即使靠靈視也看不見。就算能預測將有衝擊波射來，也無法辨認軌道或發射的時間點。

而且雪菜在跳躍途中不可能閃過射來的衝擊波。

既然如此──她只剩一種方式來突破這關。

「『雪霞狼』！」

雪菜將靈力全數灌入銀槍。刻印於「雪霞狼」的術式隨之啟動，綻發純白光芒。那是能讓魔力失效的神格振動波閃光。

「透過神格振動波的結界，直接將催發衝擊波的空間操控魔法攔下嗎？」

那月發現自己的攻擊無疾而終，便立刻退後。

「──狻猊之神子暨高神劍巫於此祀求。」

持槍的雪菜著地後又朝那月展開追擊，並且肅然地唸出禱詞。

藉著雪菜增幅過的靈力，神格振動波的光輝更加燦爛。那陣光芒集束於「雪霞狼」的槍尖，形成了一道巨刃。

輝亮的閃光巨刃長達雪菜身高的數倍。

「破魔的曙光、雪霞的神狼，速以鋼之神威助我伐滅惡神百鬼！」

雪菜橫掃的光刃終於命中那月的身軀。

光刃掠過那月的纖瘦胴體，深深砍進脊椎一帶。

可是根本沒有手感傳來，讓雪菜愕然吞下一口氣。那月理應被斬斷的身軀，消失得無影無蹤。

「幻術嗎——！」

「我說過了吧？妳太依賴靈視了。」

從心慌的雪菜背後看似失望地這麼開口的，正是那月。

銀鎖從虛空射出。將所有靈力用於攻擊的雪菜沒有餘力防禦那道鎖鏈。她的四肢被鎖鏈綑住，束手無策地被封鎖住行動。

「妳就是因為依賴那種長槍(玩具)，才會遺漏要緊的部分。不成氣候。」

那月同情似的說完以後，再次打開了閘口。

她打算將雪菜也帶進監獄結界。只要被拖入那月的「夢」當中，恐怕連用「雪霞狼」的能力都無法自行逃脫。

雪菜拚命抵抗，銀鏈卻無情地將她的身體拖向閘口。

「結束了。」

那月不留情面地說。隨後——

「不，還沒完喔。」

穿著古風水手服的少女從站得毫無防備的那月背後揮下濃灰色槍鋒。

那月輕鬆躲開了攻擊，但霧葉的目標並不是她。擬造空間斷層斬斷的，是困制著雪菜四肢的銀鏈。

「妳這是什麼意思，妃崎霧葉？」

折起扇子的那月眼神不悅地望向霧葉。

逃出銀鏈束縛的雪菜也訝異地抬頭看著霧葉。

「我改變主意了。對不起嘍。」

霧葉卻毫不慚愧地露出微笑。槍花一轉，雙叉槍的槍鋒指向了那月。明顯帶有宣戰含意的動作。

「雖然我還在實習，但身為人稱黑劍巫的六刃神官，氣魄要是輸給獅子王機關的正宗劍巫可就不光彩了。讓我助陣一下吧。」

「隨妳高興。反正結果是一樣的。」

霧葉的宣言讓人聽不出有幾分真心，那月則給予漠然的答覆。

「那可難說喔。區區魔女也敢這麼狂妄，小心我殺了妳——」

霧葉一邊用本性畢露的好戰語氣回嘴，一邊斜眼看了雪菜。

雪菜默默點頭，並且在霧葉身旁持搶擺出架勢。

那月看著理應相互敵對的表裡劍巫聯手，看似興趣缺缺地嘆了氣。

5

一回神，古城人就站在石砌的空蕩房間裡。

牆壁以大小參差的自然石堆起、格柵構成的鐵窗、古色蒼然的石牢，令人聯想到中世紀的城邸。

「又是這裡啊……」

古城蹲到地上，抬頭看向天花板。從窗外照進來的，是宛如血色的赤紅陽光。隱約有印象的景物。古城之前也來過這個房間一次。記憶之所以不太穩定，恐怕是因為這裡屬於夢中的世界。

那月在自己夢中構築的世界，監獄結界。

厚實的石牆看似牢固，但是還不至於無法用第四真祖的眷獸摧毀。

古城試著召喚眷獸，結果一如所料。眷獸沒有現身的跡象。何止如此，古城連自己的魔力都感受不到了。

「放棄吧。你的眷獸在這個空間不能用。因為這裡是我的夢。」

有人從白費力氣的古城背後出聲。

不知不覺中，房間中央多了張豪華的扶手椅。

翹腳坐在上面的，是個穿白色襯衫搭配窄裙的成熟女性。

身高大約一百六十五公分左右，年紀差不多是二十六歲。

雖然她有著一副瓷偶般的標緻容貌，彷彿藐視一切的高傲眼神卻徹底破壞了給人的印象。烏黑長髮令人印象深刻的她，手上握著一把華美的蕾絲扇子。

「妳的那副模樣也是因為在夢中的關係？」

古城抱著傻眼透頂的態度深深嘆息。穿窄裙的女性看似得意地哼哼笑著說：

「我可是試著配合自己的實際年齡變出來的。」

「的確啦，感覺妳長大以後是會變成這樣。」

古城隨口講出感想。

就算外表多少有改變，女性的口氣和性格都保留著那月的本色，因此幾乎沒有不協調感。如果硬要挑剔，胸部未免灌水得太多了一點，不過說破大概會挨罵，古城也就沒提。畢竟這裡是那月的夢中世界。

「你的臉上似乎寫著還沒有放棄去本土呢，曉古城。」

成熟版那月將穿著黑絲襪和跟鞋的腿換一邊翹，並且問了一句。

古城盤腿坐在地板，像個嘔氣的孩子一樣點頭說：

「當然了。畢竟妳阻止我去的理由，我根本還沒有聽過。」

「需要說明是嗎？因為我不想失去你，光這樣還不夠？」

那月回答的神情格外認真。古城為此吃了一驚。

「失去我……呃，意思是會死掉嗎？我姑且算吸血鬼耶……」

「被眾神下了不死詛咒的吸血鬼真祖嗎？」

哼——那月沒好氣地說。

「那麼，假如在本土會遇見連神都能弒殺的存在，你要怎麼辦？就算那樣你還能悠悠哉哉地說自己是不死身嗎？」

「弒神……妳都幾歲了還胡說什麼啊……？」

古城用了有些同情的目光看那月。雖然世界最強吸血鬼的頭銜也很扯，但他覺得那月說的話實在太過離譜。

那月卻對古城沒禮貌的發言不以為意。

「即使稱為『神』，倒不是指創造出這個世界體系的造物主。我說的『神』，相當於所有人類的始祖。」

「人類的始祖……是指第一個人類嗎？感覺在神話中滿常出現的就是了……」

「沒錯。神的子孫奉造物主的命令；或者在殺害神以後，自己成了新世界的支配者——世界各地的神話常常可見這種典型。」

原來如此——古城接納了那月所說的話。

透過造物主誕生於大地的「原初」之人。人類的始祖。相傳他們和吸血鬼真祖一樣，也被神賦予了不老不死之身，這在世界各地的神話都有記載。

「不過，那個被奉為神的始祖，到底是屬於哪一邊的始祖呢？」

自言自語的那月彷彿是在問自己。

「哪一邊是指？」

「這還用問。我所質疑的是，祂到底是屬於人類這一邊，還是魔族那一邊。」

那月意興闌珊地托著腮幫子回答古城的問題。

「我並不是在討論哪一邊優秀，但人類與魔族的差異實在太大了。儘管兩者都能理解相同的語言，也能交配產下子嗣，身為生物的性質卻天差地遠。將兩支種族想作同一個神的後代，不會顯得不自然嗎？」

「妳的意思是，人類和魔族各有自己的始祖……？」

「從出自同一個造物主之手的觀點來看，或許可以稱為兄弟就是了。」

古城開始有不祥的預感，那月則淡然地繼續對他說了下去。

在這個世界，為什麼會有名為魔族的種族存在呢——這是全球的科學家及宗教學者都一直在問，而且至今仍然無解的問題。據說「魔族特區」之所以存在，最終目的就是要解開這道謎題。

「假設人類和魔族的始祖是兄弟好了，那又有什麼問題？」

古城坦白講出疑問。

既然是由同一個造物主創造，表示兩名始祖的地位對等。

這也代表身為其子孫的人類與魔族沒有優劣之分。對任何一邊的種族理應都不是壞事。

那月卻嘲笑地說：正好相反。

「互異者同時並存就會產生鬥爭。縱使是神也一樣。」

「所以說，始祖之間發生過戰爭？」

「那已經是古老得匪夷所思的事了。我想並沒有留下像樣的紀錄。」

「這樣啊……」

那月所說的話讓古城嘟噥起來。

地位對等者不一定都能彼此理解。倒不如說正是因為對等，敵對時造成的隔閡才會更深。說起來算是老生常談，在始祖之間似乎也是一樣的。

「結果，那些傢伙後來怎麼樣了？戰爭已經結束了吧？」

「誰曉得。關於聖殲的實情，我也不清楚。不知道他們是同歸於盡，或者遭到封印了。也有可能是被殺害了，透過弒神的兵器。」

「……兵器？」

聳動的字眼讓古城的眼神變得險惡。

那月望著他，殘酷地揚起嘴脣。

「在奧蘿菈．弗洛雷斯緹納的記憶裡，第四真祖是被稱為弒神兵器吧？相互鬥爭的是神。就算製造出用於弒神的兵器，也沒有什麼好奇怪不是嗎？而且留存至今的弒神兵器『不一定只有第四真祖』。」

「…………」

古城哼哼唧唧地沉默下來。

他想起了之前在蔚藍樂土遇到的利維坦。

聖經中也有記載的海怪。「嫉妒」之蛇。據說為眾神所造的最強生物。全長達數公里的規格外魔獸，被稱作神話時代的活體兵器。

難道那頭怪物也和第四真祖一樣，是他人創造出的弒神兵器？

還有——

「所以沉在神繩湖底的聖殲遺產，也是一種弒神兵器？」

「那還不得而知。而且也不知道是屬於哪一邊的。」

「屬於哪一邊……？」

「被稱作聖殲遺產的玩意分為兩種。簡言之就是用於弒殺魔族始祖的兵器，以及用於弒殺人類始族的兵器。」

「……！」

那月若無其事的說明，讓背脊發冷的古城僵住了。

「無論屬於哪邊都同樣危險，但如果是人類獲得了用於消滅人類始祖的兵器，倒還好一些。遠比其他狀況來得像樣。」

那月又進一步說下去。古城只是默默地板著臉。

從有史以來就爭鬥不停的人類與魔族變得姑且能共存，其實是最近才發生的事。透過數十年前締結的聖域條約，才好歹讓和平實現。

第一真祖「遺忘戰王(Lost Warlord)」的功績，還有人類對長久以來的爭鬥感到疲憊都是促成停戰的因素。不過聖域條約之所以能締結，最實際的理由是人類擁有的科技和魔法日新月異，已足以對抗魔族的戰力。換言之，到頭來人類和魔族都害怕會鬥到兩敗俱傷。

那麼，要是其中一邊的陣營得到了可以讓武力平衡大幅傾斜的強大兵器又會如何——其結果顯然用不著想像。

「沉在神繩湖底下的玩意事關重大，這我明白了。」

古城間隔了長長的嘆息才開口。

「可是，那跟凪沙、奧蘿菈她們又有什麼關係？」

「……獅子王機關並不是想將聖殲的遺產挖掘出來。」

那月聳了聳肩回答。

「那些人的目的是封印。這次非得將快要從神繩湖底下醒覺的『遺產』徹底凍結。」

「封印？妳還提到，那玩意快要醒覺了……等等……怎麼回事啊！我頭一次聽說耶！」

古城訝異地湊到那月身邊追問。

別靠過來，煩死了——那月揮了左手將古城趕走，然後又說：

「現在你多少明白，我不想讓你去神繩湖的理由了吧？」

「因為『遺產』可能會和我的魔力產生呼應而加快醒覺的腳步？」

「答對了。」

「…………」

唔——古城咬住嘴唇。

可是他心裡也有種釋懷的感覺，獅子王機關是政府的特務機關。據說他們活動的目的，就是防阻大規模的魔導災害以及恐怖攻擊。

既然神繩湖發生了那樣的狀況，就某個層面來說，他們會出面是必然的。牙城不長眼地想將凪沙帶到那裡，反而才讓人覺得有問題。

「可是，讓奧蘿菈隨便靠近『遺產』也一樣不妙吧？」

「或許是那樣沒錯。」

令人意外的是，那月並沒有否定古城的質疑。

「不過對於連底細都沒摸清楚的殺神兵器，獅子王機關也生不出術式來封印。所以他們才會看上曉凪沙。」

「所以為什麼啦！」

「奧蘿菈‧弗洛雷斯緹納懂得封印弒神兵器的術式。」

那月的答案出乎意料，讓古城完全來不及做心理準備。

奧蘿菈──身為人工吸血鬼的第十二號「焰光夜伯」，精確來說並不是真正的第四真祖。她是為了封印第四真祖做為弒神兵器的受詛靈魂──「原初的奧蘿菈」才被創造出來的容器。

以結果來說，古城和奧蘿菈本人採取的行動導致「原初」的靈魂消滅，才使她卸下了擔任封印容器的職責。

然而，奧蘿菈並沒有失去本身做為封印容器的功能。

「獅子王機關想將用來封印『原初』的術式，運用在神繩湖的『遺產』上？那種事情有可能成功嗎……？」

「這場賭局確實贏面不大，然而一旦成功就不必付出犧牲。況且附在曉凪沙身上的奧蘿菈．弗洛雷斯緹納是沒有肉體的殘留意念。對『遺產』造成的影響恐怕可以收斂到最小。」

「失敗的話，到時會變成怎樣？」

發問的古城似乎壓抑著情緒，讓那月挖苦地笑了。

「這個嘛……假如進行得順利，說不定就能馴服『遺產』。好比你對奧蘿菈．弗洛雷斯緹納做的那樣。」

「最壞的情況是？」

「這還用問——戰爭將會重啟。」

「什……」

那月的回答十分單純。因此格外具有說服力。

她與獅子王機關早就預估了最糟的狀況，才會採取行動。

「獅子王機關對曉緋紗乃提出的交換條件，是讓曉凪沙從奧蘿菈．弗洛雷斯緹納身邊獲得解脫。為了救你妹妹，獅子王機關恐怕有什麼策略才對。」

「緋紗乃……原來我奶奶才是幕後黑手嗎！」

古城瞠目結舌。可是，只要冷靜思考立刻就會明白。

儘管牙城那麼慎重地提防被人跟蹤，獅子王機關卻能掌握凪沙的行動，都是因為有緋紗乃這個內應洩漏情報。

「也沒什麼好驚訝吧。基本上，曉牙城不就是為了替你妹妹設法才前往丹澤的？」

「混帳……！就算那樣能讓凪沙得救，奧蘿菈的靈魂又會變成什麼樣？」

重新握拳的古城問。

那月卻冷冷搖頭。

「不會怎麼樣。那個女孩已經不在了。你妹妹耗費生命力挽留下來的，只是殘留意念。那是已經消逝的靈魂所留下的一縷餘魄。」

「……為什麼不從一開始就跟我說那件事！」

「說了以後，你能忍住不去本土嗎？」

那月高傲地抬頭望著用責備眼光看過來的古城。

「放心吧。這裡是我夢中的世界。在你離開以前，我會讓你忘記剛才那些話。好比醒來以後什麼都回想不出的一場夢。」

「別開玩笑……！聽完那些，我怎麼可能退讓！」

古城一氣之下想揪住那月的胸口。可是他的手在碰到那月之前，就被她的屏障彈開了。

痛得發麻的古城一邊呻吟，一邊又把臉湊向那月逼問：

「再說，萬一要和『遺產』交戰，不就需要我的力量了嗎！」

「少自以為是，小鬼。面對我就無能為力的三腳貓，有什麼能耐對付弒神兵器？」

那月嫣然一笑。古城這次被震得飛了出去，並且悽慘地撞在牆上。

目前古城在結界中被剝奪力量，自然沒有手段能對抗那月。

即使如此，古城仍毫不畏懼地抬頭獰笑。

「說我無能為力，會不會斷定得太早了一點？」

「哦……那麼，要不要從現在試著逃出監獄結界？」

古城聽完那月挑釁的台詞，緩緩地點了頭。

「如果我們能靠自己逃出這裡，妳就要放我們去本土。」

「『我們』是嗎……有意思。試試看吧。」

古城無意識嘀咕出來的一句話，讓那月略顯愉快地將眼睛瞇細。

6

「黑雷——！」

雪菜隨著裂帛的氣勢跳起。敏捷度遠遠超出人類極限。她帶著無數殘像逼近那月，刺出的槍化成了閃光。

「哼，體能強化咒（Physical Enchant）嗎？身手快雖快——」

面對雪菜的攻勢，體態如嬌小少女的魔女應付自如，更趁著一瞬間的空隙揮下左手。雪菜無法完全避開釋出的衝擊波，連續攻擊戛然而止。

「妳的作戰方式太老實了，轉學生。意圖一看就穿。」

「呼……」

雪菜動量減少，那月那群酷似玩偶熊的使役魔便朝她一湧而上。雪菜還來不及迎擊，使役魔已先自爆。被爆壓震飛的雪菜陣腳大亂，從虛空射出的銀鏈隨即將矛頭直指而來。

結果拯救雪菜脫離困境的，是穿著古風水手服的六刃神官。

「『霧豹雙月』！」

雙叉槍將那月的銀鏈劈落，同時間出現的空間龜裂也擱下了使役魔爆炸的餘波。

「霧葉……！」

「不好意思，剛才那是我最後一次使出模擬空間斷層。乙型咒裝雙叉槍的咒力消耗量比正版更大。」

霧葉放下失去光輝的雙叉槍，並且淡然地告訴雪菜。能斬斷「規戒之鎖」、攔阻不可視衝擊波的模擬空間斷層，是一項對抗那月的頂尖利器。一旦失去那項武器，雪菜等人勢必會吃虧。

「不，這樣夠了。」

雪菜卻站起來露出堅強的微笑。霧葉意外地看著她那種反應說：

「不過，這樣下去會一面倒喔。畢竟『空隙魔女』似乎還從容地擺著教官的架子。」

「……是那樣嗎？」

雪菜客氣地提出異議。她的態度並不像單純在逞強，使霧葉用納悶的眼光看了過來。

「如果只是要阻止學長離開絃神島，南宮老師在把他關進監獄結界時就達到目的了，根本沒有理由和我們交手。」

「……或許確實是那樣沒錯。要是她用空間移轉到基石之門，我們就沒轍了。」

「是的。但現實是南宮老師依然留在這裡。我想她目前有無法使用空間移轉的理由。」

「……！」

霧葉的眉頭微微發顫了，

雪菜會察覺那一點，是起於那月用了幻術。

能將空間移轉運用得像呼吸一樣自然的那月，沒必要為了閃避雪菜的攻擊而依靠幻術。她應該只要用空間移轉逃到雪菜無法以長槍觸及的地方就行了。

可是那月卻用了幻術。何止如此，她甚至寧願拖長無謂的戰鬥，也不肯動用空間移轉。即使由此導出那月並非不用，而是「不能用」的結論，恐怕也不失中肯。

「表示她擺著教官架子裝成要指點我們，實際上則是一直在掩飾自己的弱點嘍？」

開口的霧葉在嘴邊「呵」地現出笑容。從游刃有餘的那月身上找出破綻，讓她掩飾不住高興的表情。

「對了，第四真祖的眷獸……！」

「是的。」

雪菜對嘀咕的霧葉點頭，然後瞪向浮在半空的嬌小魔女。

那月背後的海上，有被關在荊棘牢籠的雷獅身影。

「眷獸沒有解除具現化，表示曉學長沒有放棄從監獄結界逃脫。於是為了困住學長的眷獸，妳就無法使用空間移轉。我有沒有說錯？」

「哼哼……我確實沒有料到曉會這麼不死心。不知道為什麼，那個蠢蛋似乎相信妳一定會將他救出來。」

對雪菜表示肯定的那月坦率得讓人訝異。她的態度彷彿透露著：即使讓雪菜得知那一點，自己的絕對優勢也不會瓦解。

「換句話說，只要把妳抓到監獄結界，那個蠢蛋就會死心對吧，姬柊雪菜？」

「很遺憾，我想那是辦不到的。」

雪菜聽了那月無心間冒出來的話，眼裡因而含蘊著堅毅光彩。

理應消耗甚鉅的雪菜靈力高漲，讓那月露出一絲苦笑說：

「先告訴妳，我就算不用空間移轉也很強——」

那句話還沒有傳到雪菜耳裡，那月就讓「咒縛之鎖」具現成實體了。

直徑十幾公分，長數十公尺的鐵灰色錨鏈。重量估計不出有幾百噸。那月將超乎規格的錨鏈使得像長鞭一樣，打算橫掃雪菜她們。

「嘖！」

結果迎戰的是霧葉。她靠著理應使不出的模擬空間斷層，將錨鏈從根斬斷，並且直接朝那月一躍而去。

「果然還留有餘力啊，六刃神官。」

那月看似愉快地抬起下巴。霧葉則朝著無防備的那月舉槍刺出。即使用幻術也逃不掉的致命距離。然而——

「很可惜，妃崎霧葉。」

「糟糕——！」

察覺銀鏈纏到自己腳邊的霧葉驚呼。

那月事先將銀鏈鋪設在自己周圍的沙子底下。而且霧葉自動跳進了那個陷阱。

霧葉放棄對那月發動攻擊，並斬斷纏在腳踝的銀鏈。只要判斷晚一拍，霧葉肯定就會遭受那月的追擊。

那月利用空檔退到了霧葉的間距之外。

於是，乙型咒裝雙叉槍所蓄存的咒力這回真的見底了。剛才的奇襲就是打倒那月的最後機會。

「我都快認栽了呢……戰鬥經驗差距太大了……」

在沙灘上單腿跪下的霧葉擠出一句咕噥。

光是剛才的短瞬攻防，感覺就讓她短了幾年壽命。

雪菜則難以啟齒似的從背後朝霧葉開口：

「——不好意思，妃崎。能不能請妳替我爭取十秒鐘就好？」

「啥！」

雪菜任性過頭的拜託，讓霧葉變得橫眉豎眼。

「妳說笑嗎！在那個魔女面前拖十秒，可是要賭命的喔。」

「我明白。可是，拜託妳了。」

雪菜直直地回望發飆的霧葉。

面對雪菜那種頑固的態度，霧葉呆若木雞地發出嘆息。

「想不到……妳的個性還真絕。我有點同情第四真祖了吔。」

霧葉拋下諷刺味十足的台詞，不甘願地起身。

接著，她扔掉了濃灰色的雙叉槍。反正靠咒力耗盡的乙型咒裝雙叉槍對付不了那月。即使明白那一點，她的決斷仍相當乾脆。

霧葉的坦蕩讓那月露出警戒之色。霧葉看見她的反應便滿意地笑了。

「吾影似霧亦非霧，似刃亦非刃。」

靜靜誦出禱詞的霧葉身形逐漸消失，宛如溶入了周圍的景色。

她運用幻術操控空氣的折射率，讓自身肉體透明化。同時施展的隱形咒術，更遮斷了本身的氣息。

「斬斫如泡影，啼號現災禍——」

等禱詞唱誦結束，霧葉的身影已經徹底消失了。即使雪菜用靈視也無法感應到她的存在。完成度驚人的咒術迷彩。

「想藉由隱身封鎖我的行動嗎——有一手。」

那月一邊表示讚賞，一邊又召喚出大批使役魔。

她大概是想透過感官遠勝人類的走獸來找出霧葉，但是——

「太慢了——！」

使役魔尚未化為實體，霧葉就已經出現在那月眼前。

霧葉不顧使役魔的糾纏，用手無寸鐵的左掌朝向那月。

「火雷——！」

隨後，宛如透明鐵槌的高濃縮咒力朝那月轟了過去。

圍繞在霧葉身邊的使役魔也被這一招震開了。使役魔隨著震耳巨響彈飛，氣浪吹亂了霧葉的黑髮。

「原來如此。用咒術迷彩佯裝拖延，再發動奇襲——」

從爆炸中現身的那月卻毫髮無傷。

那月只是為了避免被炸開的使役魔波及而退後了一點。被炸得站不穩的霧葉沒有餘裕繼續追擊。

即使如此，霧葉臉上仍露出了笑容。

稍稍後退的那月腳下，有耀眼的咒術符文浮現。

純白色沙灘爆發似的隆起，金屬黑豹從中出現。是感應到那月接近而啟動的自動操作型式神。

無關於霧葉這名施術者的意志，它們會自己攻向那月的死角。

空間移轉遭到封鎖的那月絕對躲不過式神攻擊。黑豹們要將魔女的嬌小身軀撕開，鋼鐵獠牙閃閃發亮。

「——奇襲為虛，結果是用自己當餌來發動咒術陷阱啊。很像對付魔獸的專家會用的戰法，可惜沒能得逞。」

下個瞬間，被打倒在沙灘上的卻是霧葉。

霧葉「咕」地吐出來的一口氣，晚了些許才傳到她自己耳裡。

那月還是毫髮無傷。並不是霧葉的陷阱被破解了。那月到最後都來不及應付式神。對霧夜的式神產生反應的，是出現在那月背後的黃金騎士像。

那月的「守護者」一把捏碎霧夜的那些式神以後，光靠拳風便震退霧葉。

「能讓我用上『輪環王』就值得誇獎了，六刃神官。」

那月低頭看著滿身沙子的霧葉，草草地拋出感想。口氣好比在誇獎勉強及格的學生，明顯毫無幹勁。

「讓我犧牲到這種地步還慘敗的話，我可不饒妳，姬柊雪菜！」

霧葉屈辱得臉皺在一起，並且朝理應在背後的雪菜轉頭。

於是在霧葉將雪菜的身影納入眼簾時，她說不出話了。因為獅子王機關的劍巫無力地垂著持槍的右手，杵在原地茫然不動。

雪菜沒有用霧葉賭命爭取的時間擬出策略或設下陷阱，只是恍神似的站得毫無防備。她的眼裡沒有任何感情，像平靜湖面一樣地映著那月等人的身影。細緻的肌膚與潤澤嘴唇；端正得超乎常軌的臉孔，讓人聯想到妖異之流。

「嘖……」

察覺雪菜身上變化的那月頭一次現出焦躁神色。

如雨一般灑下的銀鏈紛紛射向破綻百出地站著的雪菜。

數十條鎖鏈從全方位侵襲而來。

那早就超出人類反應速度所能應付的數量。

雪菜卻一與不發地全數躲開了。她靠著最小的動作閃過大部分攻擊，銀槍一掃就劈落了其餘所有的鎖鏈。

名符其實的神技。

「神靈附體……在這種狀況下……？」

霧葉察覺到雪菜變樣的原因，全身汗毛直豎。

為了對抗那月的壓倒性戰鬥力，雪菜選擇的手段是召喚神靈。讓強大的神靈附於自身肉體，藉此獲得超越人類極限的力量。

劍巫身為劍士，同時也是具備出色靈力的巫女。

話雖如此，神靈附體並非能輕易祭出的招式。

只要操控上有些微差錯就會讓巫女的人格遭到破壞，再也無法恢復神智。還有可能讓神靈的力量失去駕馭，為周遭帶來驚人的災厄。

霧葉並不覺得南宮那月是非得冒著那種風險打倒的對手。

何況雪菜與那月對立的理由是為了第四真祖。

然而，雪菜卻毫不猶豫地決定讓神靈附體。霧葉對她那樣的覺悟砸舌。

「這是怎麼回事……？」

擋在雪菜面前的那月訝異地瞇起一隻眼睛。

操控空間的魔法起不了作用。具現化的使役魔也消失無蹤。

飛舞在那月周圍的，是讓人聯想到花瓣的白色結晶。眼看結晶的數量不斷增加，占滿了那月的視野。

「雪……？不對……是神格振動波的結晶嗎……！」

察覺到白色雪片真面目的那月發出驚呼。

雪菜緊握的銀槍正放出耀眼光芒。

神靈附體灌注的龐大靈力，使得「雪霞狼」的神格振動波結晶化了。紛飛的純白結晶讓那月的魔力失效，阻止了魔法發動。

而且雪菜能操控「雪霞狼」，就表示她是憑自己的意志來駕馭神靈附體後獲得的靈力。雪菜能徹底掌控降臨於自身體內的神靈。

「這尊神靈是……原來如此……這就是妳被選來監視第四真祖的原因嗎……」

那月一邊瞇眼看著飄落的雪片，一邊自信地微笑。

雪菜緩緩舉起長槍。

之前喪失感情的眼睛已經恢復平時的模樣了。端正得不像人類的臉孔，也取回了和年齡相符的稚氣。

雪菜的目光向著那月背後屹立的黃金騎士像。

從騎士像伸出的深紅荊棘困住了狂怒的第四真祖眷獸。

雪菜和雷獅對上目光，露出一絲微笑。

不要緊——雪菜發出脣語。不要緊，是我們勝利了喔——她告訴雷獅。

「──『雪霞狼』！」

雪菜揮下的銀槍化成巨大光刃，劈開了大氣。

閃光將黃金騎士像轟退，深紅荊棘被扯得支離破碎。

重獲自由的雷獅發出咆吼，灑下青白色閃電。

直達天際的雷柱令電波嚴重受阻，據說停電與機械故障讓整座人工島蒙受了高達幾百億圓的損失──

7

「受不了……看來我將那個死腦筋稍微逼過頭了。」

穿著白襯衫和窄裙的成熟版那月輕輕扶額說。

這裡是監獄結界的石牢中。窗外有整片夕陽般深紅的天空。

天上不時冒出璀璨閃光，遠雷般的巨響正在撼動建築物。

外界發生的狀況，古城已經透過眷獸的感官掌握到了。

雪菜解放出來的「獅子之黃金」失去控制，其魔力對監獄結界也造成了影響。

「和優麻那時候一樣呢。」

對眷獸失控多少感到自責的古城無力地苦笑。

仙都木優麻曾借用古城眷獸的力量將監獄結界打破。

監獄結界內部是那月夢中的世界，即使靠第四真祖的力量也不可能逃脫。然而，監獄世界的外側就不同了。只要用龐大的魔力叩門，將睡著的那月吵醒，監獄結界就會在夢境瓦解後顯現。

如果「獅子之黃金」繼續在外界大鬧，遲早會發生相同的現象才對。基本上，絃神島全土倒也不是不可能在那之前就變成廢墟。

要防止那種結果，只有將身為宿主的古城放出監獄結界，才能阻止眷獸繼續失控。

換句話說，那月無論如何都得放古城離開才行。

「也罷。你們及格了。」

那月「呵」地微笑表示。古城暗自捂了捂胸口。

逃離監獄結界的目的算是達成了，但即使客套也不能說古城是自力脫逃的。假如那月不肯認輸，局面差點就從頭來過。

「可以當成……妳願意放我們一馬了嗎？」

「畢竟結界如果又被摧毀，讓阿夜那些人逃出去就麻煩了。你們想去哪裡就去吧。」

那月望著戰戰兢兢地確認的古城，懶洋洋地交抱雙臂。

她那已經夠醒目的胸脯被強調更明顯，使得古城無意識地將目光轉開。

那月尋開心似的看著古城的反應，然後冷不防地起身。

「不過嘛，我想想……在那之前給你一個特別的餞別好了。」

「那、那月美眉……？」

那月不自然地將身體貼了過來，讓古城聲音變調。

從那月的白襯衫領口露出了原本不應該會有的乳溝。她刻意撥開長長的頭髮，讓纖細的頸根露出來。那怎麼看都是在誘惑學生。由女老師進行個人教學的情境。

明明體態已經有所成長，卻還留著那月年幼時的影子這一點也很惡劣。瓷偶般的美麗臉孔探頭看了過來，古城忍不住咕嚕嚥下口水。

古城並不是沒有想到那月為什麼會這樣誘惑他。

剛才那月說過，要為他餞別。

古城認為，那大概是表示那月要讓他吸血。

到了本土以後，不知道會有什麼危險等在前面。能用的眷獸多一頭最好。只要在這裡吸那月的血，古城極有可能掌握至今仍未認他當宿主的新眷獸。可是——

「等……等一下……！妳好歹也是教育者吧……！」

古城拚命制止那月。

就算有所成長，那月原本的肉體仍是年齡推算為十一二歲的少女。古城提不起興致吸她的血，因為吸血衝動的導火線是性慾。

要是屈服於那月的誘惑而吸她的血，古城覺得自己會失去身為吸血鬼（人類）的某種重要原則。

「怎麼，這種情境不合你的興趣？所以比起成熟嫵媚的波霸女老師，我原本的模樣更合你的喜好嗎？」

「呃，問題不在合不合喜好啦！」

「無所謂，來吧。」

那月說著從乳溝裡掏出來的，是一疊捲起來的影印紙。

妳從哪裡變出來的啦——感到困惑的古城收下了那玩意。

「請問……這個是做什麼的？」

「我不是說過要餞別？你打算把寒假剩下的補修課全翹掉對吧？所以我準備了作業來代替。好好感謝我吧。繳交期限是下次我上的第一堂課。」

哼哼——那月用平時的高傲臉色說明。

「是喔……來這一套……」

古城感覺到一股連自己也不太懂的失望與沮喪，力竭似的垂下頭。

看來那月從一開始就只想逗古城而已。或許她是在發洩賭輸的情緒。不管怎樣都很像那月會做的事情。

「怎樣？難不成你以為我會讓你吸血？色小鬼。」

那月低頭看著失望的古城，看似愉快地開口臭罵。

接著她和平時一樣地自信挺胸，淡然笑著說：

「哎，如果你能平安畢業，我倒可以考慮考慮。」

「那真是謝了。」

事到如今古城也無意把那月的話當一回事，隨便就應付掉了。

隨後，古城的視野忽然搖晃起來。是空間移轉的徵兆。

一回神，白襯衫女老師風格的那月已經不見，是原本那個年幼模樣的那月站在古城面前。她準備帶古城離開監獄結界。

「你最好別在放完寒假的第一堂課就遲到。」

那月細語般悄悄告訴古城。那溫柔無比的嗓音感覺也像在命令古城：你一定要回來。

「那月美眉……」

想表達感謝的古城不自覺地叫了她的名字。

結果，他的臉上忽然冒出挨揍似的強烈疼痛。

「別用美眉稱呼老師，蠢蛋。」

那月生氣的說話聲聽起來有些遙遠。

於是古城從她的夢醒了──

終章 Outro

古城的背撞在鋪滿白沙的人工海岸。

金屬和樹脂裸露出來的岸壁，統一規劃的人工街景，沿伸至海平線的天空廣闊湛藍。是熟悉的人工島景色。

不過從監獄結界回來的古城連放鬆的空閒都沒有，視野就遭到眩目閃光轟炸。因為渾身電光環繞的雷獅朝他撲了過來。

「唔哇啊啊啊啊啊啊啊！」

感受到驚人熱量及死亡恐懼的古城連忙將「獅子之黃金」的具現化解除。

「我、我還以為死定了……」

或許雷獅只是想跟回來的宿主親密一下，不過那可是第四真祖的眷獸。就算只是不小心被它的爪子擦過，古城的肉身瞬間就會沸騰。

即使肉體徹底蒸發，自己還是能復活嗎——古城心裡冒出這種不想得到解答的疑問，並且無力地撐起上半身。他拂去沾上全身的沙塵，拄著膝蓋站了起來。同樣滿身是沙的雪菜發現古城，便朝著這裡趕來。

「學長！你逃離監獄結界了嗎？」

「哎，勉強啦……是妳替我設法的吧。」

古城看到雪菜鬆了口氣的表情，尷尬地搔起頭。

結果，被關在監獄結界的古城毫無建樹。他能平安逃出來，九成八是靠雪菜的力量。看雪菜滿身是傷就知道了。

「不，我想南宮老師還是有放水。我到最後還是敵不過老師。」

雪菜說著遺憾似的搖頭。

古城一邊輕輕地幫她拂去頭髮上的沙子，一邊緩頰：

「不至於吧。那月美眉說妳及格了耶。」

「……學長還留著在監獄結界的記憶嗎？」

雪菜吃驚似的眨了眼。

和人們大多在醒來時就會忘記昨晚作的夢一樣，要從那月夢境中的監獄結界將記憶帶回來，是非常困難的。雪菜明白這一點。

「嗯。姬柊，之後我再全部告訴妳。」

古城露出遙望遠方的神情回答。

「好的。」

用力點頭的雪菜一副「那是當然」地看了古城以後，卻忽然板起面孔。

可以感覺到所有感情都從她眼裡急遽消失的動靜。

同時，古城鼻子裡有股刺鼻的鐵味擴散開來。溫熱的液體流到了古城嘴邊。是鼻血。

「……學長，你在監獄結界裡到底和南宮老師做了什麼……？」

雪菜用了讓人完全感覺不到溫暖的語氣靜靜發問。

難以呼吸的古城連忙搖頭撇清：

「等、等一下，妳誤會了！我只是被那月美眉戲弄了而已！」

「怎麼會……難道說，南宮老師那樣……也讓你起了吸血衝動……！」

雪菜大受動搖似的自言自語。握著銀槍的手指看上去用力得讓人害怕。

「不、不是的！夢裡的那月美眉有女老師的樣子，應該說她長得和本身年紀一樣大，而且胸部很有料，啊，沒有，也不是說那樣就如何啦……」

「學長是說……有女老師的樣子嗎？而且胸部很有料嗎？這樣啊……」

雪菜一邊冷冷地逼問，一邊還是幫古城擦了被鼻血弄髒的嘴角。搞不懂是鬧僵了還是在調情的景象。

這時，從古城他們腳邊傳來刻意清喉嚨的聲音。

在沙灘抱腿坐著的霧葉一臉嘔氣似的抬頭看著古城他們。

「抱歉在氣氛正好的時候打擾，你們是不是忘了什麼？」

「啊，抱歉。這次也受了妃崎的關照……」

古城發現霧葉受的傷不比雪菜少，便乖乖地點頭行禮。

在這之後，他們還得請霧葉領路到機場搭商用客機。這時候壞了她的心情可不妙。

彷彿想趁人之危的霧葉笑得像壞蛋一樣地說：

「如果你這麼想，能不能幫個忙？我的腿傷到了。要是能抱著我走就太讓人高興嘍。」

「呃，是可以啦。這點小事沒什麼。」

古城不情願地點頭，然後照吩咐將霧葉抱了起來。

一般稱為公主抱的那種姿勢，讓雪菜露出了不服的臉色。即使如此雪菜大概也覺得霧葉對他們有恩，硬是將抱怨忍了下來。

霧葉彷彿刻意要觸怒雪菜的神經，就把手繞到古城脖子上說：

「想趁機稍微亂摸也無妨喔。反正是不可抗力的。」

「妳這樣一說就不方便抱了吧！」

霧葉開的玩笑讓古城忍不住扯開嗓門。霧葉還將嘴脣湊到古城耳邊說：

「順帶一提，我現在因為咒術性質的理由，並沒有穿內衣就是了……」

「咦！」

古城不禁停下腳步盯著霧葉。

意思是上面沒有戴，下面也沒有穿嗎？怎麼可能。呃，不過如果是咒術方面的理由也沒辦法吧——古城專心地想從指頭傳來的觸感辨認霧葉所說的是真是假，因此反而意識她的體溫還有身體有多軟。結果，霧葉正色回望了完全僵住兩秒鐘的古城說：

「騙你的。」

「居然騙我！」

「學長……」

古城露出內心嚴重受傷的表情大叫，雪菜則遺憾地望著他嘆氣。

霧葉心情似乎終於痛快了一點，呵呵地笑了出來。

「——！」

但她忽然恐懼得變了臉色。

「……妃崎？」

察覺霧葉臉色有異的古城問了一聲。可是他說的話沒有聲音。海風聲還有海鳥的啼聲都聽不見了。完全的寂靜包圍著古城等人。

狀況發生在一瞬間。宛如開關經過切換，聲音又回到了世界。

「剛才……那是什麼感覺……！」

彷彿突然被帶到陌生地方的異樣感，讓古城痛苦地驚呼。

像是被撕去頁數的書本一樣，意識的連續性中斷了。那和既視感(Déjà-vu)及未視感(Jamais vu)都不同，接近於觀賞掉格電影的不快感。

「『寂靜破除者(Paper Noise)』……！」

霧葉發出扭曲的聲音。她像個害怕黑暗的小孩，全身都在發抖。在霧葉嘴裡打架的牙齒格格有聲。

「喂，妃崎！」

吃驚地喊出聲音的古城眼裡，冒出了陌生的人影。

從沙灘通往道路的樓梯中間站著一名女性。

她披著像面紗的薄絹，看不見臉龐。不過顯然還很年輕，恐怕和古城等人相差無幾。

她穿著鑲有金箔及許多寶石的絢麗巫女裝束。雖說是元旦，假如穿那套衣服在外面走動，應該會醒目得不得了。

可是，古城等人在她於近距離現身以前，卻連對方的存在都沒能察覺。

「妳和我，之前是不是在哪裡見過面？應該說，妳到底從哪裡冒——」

莫名其妙地覺得彼此認識的古城問了對方。

穿巫女裝束的女性卻不回答。

她只是自言自語似的用平靜的語氣說：

「想不到『空隙魔女』滿寵你們的呢。不……那大概就是她的本性吧。」

「妳……！」

古城目光險惡地咕噥。對方知道南宮那月的別號，想來應該不會是與古城等人無關的一般民眾。

「學長，請你後退……！」

雪菜拔出銀槍備戰。

假如穿巫女裝束的女性突然出現，是透過魔法性質的手段，她大有可能用了空間操控或性質相近的魔法。既然如此，她極可能是和南宮那月同等的強敵。

可是，對方卻沒有使用魔法。

雪菜料想各種動用魔法的奇襲方式，毫不輕忽地瞪著那名女性。

她只用了嚴肅的嗓音對雪菜下令。

「退下，姬柊雪菜——」

瞬時間，雪菜全身像是觸電似的發抖。

驚愕及困惑使對著女性的槍鋒大幅搖擺。

「這聲音……難道妳是……！」

女性無視呆立著發問的雪菜，緩緩用視線朝四周看了一圈。

掩蓋在薄絹底下的嘴脣微微含笑著對眾人相告。

「初次見面，第四真祖。我是當代的獅子王機關三聖之一，名叫閑古詠。」

「……獅子王機關的……三聖……！」

古城發現女性的莊嚴氣質從何而來，戒心頓時提升好幾個等級。

在古城準備離開絃神島的這個時間點，除了雪菜以外的獅子王機關成員會出現的理由只有一個。她來到這裡，是要與古城為敵。

「恕我代表獅子王機關來此地封印尊駕。」

穿巫女裝束的女性靜靜宣告。

「學長！這裡危險，快離開──」

「快點逃，曉古城！」

雪菜和霧葉同時高喊。

雪菜將銀槍扎入地面，張開令魔力失效的防禦結界。

霧葉也從古城懷裡跳下來，並且將濃灰色雙叉槍伸長。

就在隨後，世界再度被沉默支配。

像是被看不見的鐵鎚痛擊的霧葉飛了出去。
身上灑落白沙的雪菜趴倒在地。
而且古城也被打得半個人都陷進了混凝土堤防。
「什……」
咳——古城的喉嚨冒出大量血團。
同時，聲音又回歸世界。
古城不明白發生了什麼事。他唯一明白的是，那與普通魔法是性質完全不同的攻擊，和那月的空間操控也不一樣。證據在於，被稱為「寂靜破除者」的少女連一步都沒動。
時間並沒有被停止或者快轉。情況剛好相反。
那簡直像——
她可以隨心所欲地將應該不存在的時間硬是穿插進來——
雜音。
「請見諒——」
不知不覺來到古城面前的「寂靜破除者」用右手握著銀槍。
上一刻應該還握在雪菜手裡的獅子王機關祕藏兵器。用於弒殺真祖的破魔長槍——「雪霞狼」在「寂靜破除者」手中綻放出純白的眩目光芒。

接著，她毫不猶豫地將長槍悄悄揮下。

盛夏般的午後陽光正靜靜地灑落在絃神島——

後記

離上一集發行又隔了一段時間。好久不見了。不管怎樣，《噬血狂襲》第十一集已向各位奉上。

這次是逃亡篇，逃離絃神島終於成了故事主題。

以往古城都被「魔族特區」這個在某種意義上屬於安全的牢籠保護著，但是往外踏出以後，他身邊的環境就會被迫大幅改變。

過去同一陣線的伙伴忽然變成敵人；或跟原本是敵人的人聯手作戰。以結果來說便突顯了「魔族特區」的特殊性，希望這能讓噬血狂襲的世界展現新的一面──我是這麼盤算的。

為了象徵古城等人接下來將面臨的種種難關，要先找個意想不到的人物擔任擋路的敵手……以上是場面話，其實我很高興能讓強過頭而一直不太有戲份的那月美眉活躍。而且這次有描寫到淺蔥的家庭環境，也順利讓霧葉再次登場了。關於接下來在本土等待古城等人的敵方，我想會在下集以後才正式描寫。敬請期待。

等到本書上架時，我想動畫「噬血狂襲」的藍光ＤＶＤ與ＤＶＤ最終集也已經上市了。我以《噬血狂襲Append》的名義，寫了新的短篇小說附在各集光碟裡當成特典。

第一集到第四集光碟附贈的是《續．聖者的右臂／人偶師的遺產》篇，內容屬於小說第一集的後話；第五到第八集附贈的是《彩昂祭的日與夜》，收錄的是學園祭的故事。關於《噬血狂襲》這部作品，過去都意外地找不到機會為短篇執筆，因此我個人寫得很愉快。東湊西湊總共也努力寫了將近兩冊小說的份量，若有機會讓各位解囊買下便是我的榮幸。

動畫方面的工作總算是告一段落了，接下來我希望能再次提升小說的出書步調。請舊雨新知繼續給予指教。

負責插畫的マニャ子老師，還有在《月刊Comic電擊大王》雜誌上負責連載漫畫版的ＴＡＴＥ老師，我一直很感謝你們。

而且我也要向所有和製作、發行本書的相關人士致上由衷謝意。

當然，對於讀完本書的各位讀者，我也要致上最高的感謝。

那麼，希望我們能在下一集再見。

三雲岳斗

Kadokawa Light Novels

KAGEROU DAZE陽炎眩亂 1~5 待續

作者：じん（自然の敵P）　插畫：しづ

講述KANO、KIDO、SETO三人的心酸過往……
動畫超人氣VOCALOID樂曲原創小說第五集登場！

投稿樂曲相關動畫播放數超越2500萬的超人氣創作團隊「KAGEROU PROJECT」所推出的原創輕小說！串連所有相關樂曲的故事首次揭曉，引來更深的「謎團」！──這一切都是發生在八月十四日、十五日的事。全新感覺的燦爛青春娛樂小說！

台灣角川

各 **NT$180~200/HK$55~60**

國家圖書館出版品預行編目資料

噬血狂襲 11 逃亡的第四真祖 / 三雲岳斗作；
鄭人彥譯. --初版. -- 臺北市：臺灣角川, 2015.05
面；　公分

譯自：ストライク・ザ・ブラッド 11 逃亡の第四真祖
ISBN 978-986-366-511-3(平裝)

861.57　　　104005312

Kadokawa Fantastic Novels

噬血狂襲 11
逃亡的第四真祖

（原著名：ストライク・ザ・ブラッド 11 逃亡の第四真祖）

2015年5月16日 初版第1刷發行
2021年10月29日 初版第2刷發行

作者：三雲岳斗
插畫：マニャ子
日版設計：渡邊宏一
譯者：鄭人彥

發行人：岩崎剛人
總編輯：蔡佩芬
編輯：孫千棻
美術設計：黃永漢
印務：李明修（主任）、張加恩（主任）、張凱棋

發行所：台灣角川股份有限公司
地址：104台北市中山區松江路223號3樓
電話：（02）2515-3000
傳真：（02）2515-0033
網址：www.kadokawa.com.tw
劃撥帳戶：台灣角川股份有限公司
劃撥帳號：19487412
法律顧問：有澤法律事務所
製版：巨茂科技印刷有限公司
ISBN：978-986-366-511-3